HAYMON verlag

Oleksij Tschupa

# Märchen aus meinem Luftschutzkeller

*Aus dem Ukrainischen von Claudia Dathe*

Gefördert mit Mitteln des Programms *Kreatives Europa* der Europäischen Union.

Dieses Projekt wurde mit Unterstützung der Europäischen Kommission finanziert. Die Verantwortung für den Inhalt dieser Veröffentlichung trägt allein der Verfasser; die Kommission haftet nicht für die weitere Verwendung der darin enthaltenen Angaben.

MIX
Papier aus verantwortungsvollen Quellen
FSC® C083411
FSC
www.fsc.org

Auflage:
4 3 2 1
2022 2021 2020 2019


**HAYMON** verlag
Innsbruck-Wien
www.haymonverlag.at

Die Originalausgabe erschien 2015 unter dem Titel „Kazki moho bomboschovišča“ im Verlag „Klub Simejnoho Dozvillja“.



**ISBN 978-3-7099-7253-3**

Buchinnengestaltung nach Entwürfen von himmel. Studio für Design und Kommunikation, Innsbruck / Scheffau – www.himmel.co.at
Umschlaggestaltung: Katja Maasböl, Hamburg; www.maasboelbuch.de
Umschlagabbildung: 123RF/dragovich
Satz: Da-TeX Gerd Blumenstein, Leipzig

Gedruckt auf umweltfreundlichem, chlor- und säurefrei gebleichtem Papier.

## Vorwort von Serhij Zhadan

Die Literatur hat fantastische Möglichkeiten, Möglichkeiten, wie sie weder die Politik noch die Geografie noch die Anthropologie haben. Der Literatur ist es zu verdanken, dass ein Leser Liebe und Zuneigung zu Orten erfahren kann, die normalerweise nicht geliebt werden, über die normalerweise gesprochen wird, ohne dass Liebe oder Bitterkeit anklingen.

*Märchen aus meinem Luftschutzkeller* ist so ein Buch. Die Begebenheiten zeigen den ukrainischen Donbass, wie weder Politiker noch Fachleute noch Journalisten über ihn sprechen – mit einer Offenheit, die an Abscheu grenzt, und einer Bitterkeit, die aus Nostalgie erwächst. Durch die dezidierte Subjektivität des Autors und seine offene Empathie kann der Leser etwas entdecken, was in offiziellen Mitteilungen fehlt: lebendige Augen, fragmentierte Biografien und warme Stimmen, die Hoffnung geben.

Das ist wichtiger als alle Geografie, denn es berührt Dinge, die in der Geografie einfach keinen Platz haben. Erinnerung und Glaube zum Beispiel.

# Erdgeschoss

**Wohnung 12, 13, 14**

## Wohnung 12
## Flotter Dreier

Fast alles, was in der Wohnung Nummer 12 veranstaltet, gesagt, gedacht und getan wurde, fiel unter die philosophische Kategorie *Nebel*. Das winzig kleine und unscheinbare „fast", mit dem die Geschichte anfängt, bezieht sich auf ein Nullachtfünfzehn-Leben, das die Bewohner der Zwölf nun wahrlich nicht führten. Das „fast" war so klein, dass man es im Grunde genommen weglassen konnte. Und das tat ich.

Die Zwölf lag im Nebel. Trubel, Tumult, Radau, Tohuwabohu – das traf es alles nicht. Nebel. Punkt. Die anderen Hausbewohner konnten nicht erklären, wie sie auf das Wort gekommen waren. Doch tief in ihrem Unterbewusstsein schwebten – wie Wale im Ozean – traumatische Erinnerungen, dass Vira, die Kanaille aus der Zwölf, das Haus schon viermal in Brand gesetzt hatte. Das Trauma saß tief, und die anderen Bewohner assoziierten die unselige Wohnung im Erdgeschoss für alle Zeiten mit *Nacht* und *Nebel*.

Der Nebel zog vor 30 Jahren auf, unmittelbar vor der Perestroika. Er kam mit Vira Labuha ins Haus, einem Teufelsweib, das damals noch ganz passabel aussah. Vira war Anfang dreißig, hörte Heavy Metal, war mit einem Bonzen aus der Staatsanwaltschaft liiert und von aller Welt gefürchtet wie der Teufel. Wie ein Volksfeind, wäre damals wohl der ideologisch korrekte Ausdruck gewesen. Die Leute hatten solchen Schiss, dass sie sie weder anschauten noch ansprachen und einen möglichst großen Bogen um sie machten. Die Kanaille scherte sich ihrerseits um nichts und niemanden und suchte keinen Anschluss. Bei ihr schaute keiner rein und die Leute ahnten nur vage, was sich in der Wohnung abspielte, wenn sie von draußen durch die gelben Fenster schauten und die kantigen schwarzen Silhouetten von Labuha und ihren Partyfreunden sahen und die Höllenmusik hörten, die nahezu den ganzen Tag aus Viras Wohnung dröhnte.

In ihrer Wohnung herrschte das heillose Chaos. Und da Chaos weitaus widerstandsfähiger als die strengste Ordnung ist, überstand es locker solch fragile Prozesse wie die Herausbildung einer nationalen ukrainischen Identität, den Zerfall des Sowjetimperiums, mehrere Revolutionen, eine Hyperinflation und den darauffolgenden bescheidenen Aufschwung. Vira L. steckte so tief in ihrem Chaos, dass sie überhaupt nicht mitbekam, was sich in der Welt draußen vor ihren im Parterre gelegenen Fenstern abspielte.

Der letzte, der sich offen gegen die Labuha gewehrt hatte, wanderte, nachdem er die Kanaille bei der Polizei angezeigt hatte, zur Verblüffung aller wegen unerlaubten Drogenbesitzes in den Knast und wurde danach nie wieder gesehen. Irgendwann riefen die Hausbewohner nicht mal mehr die Polizei, egal wie rücksichtslos und gesetzeswidrig sich die Labuha und ihre Horde aufführten. Wenn die Streife kam und feststellte, dass es wieder Ärger mit der Zwölf gab, rieten die Polizisten den Hausbewohnern wohlmeinend, sich mit der Kanaille lieber nicht anzulegen und einfach so zu tun, als wäre sie nicht da. ‚So tun, als ob sie nicht da wäre, na, danke', sagten sich die Bewohner und deuteten auf Viras Tür. Drinnen wummerte *Cannibal Corpse*, Flaschen knallten auf den Boden, Viras höllisches Lachen dröhnte durch die Tür. Es war kurz vor Mitternacht, wie sollte man bitte schön bei diesen Schlafliedern ein Auge zu tun?

Die Kanaille konnte, obwohl sie das vielleicht gar nicht wusste, in ihrer Teufelshöhle beliebig schalten und walten. Ihren Verehrer aus der Staatsanwaltschaft, der ihr die Wohnung verschafft hatte, hatte Vira gleich einen Monat später abgeschossen, doch er hielt weiterhin die Hand über sie. Die Liebe eines Dreißigjährigen konnte, war sie einmal entfacht, bis zum Tod anhalten. Und das war hier der Fall. Dass aus dem Genossen Smirnow im Laufe der Perestroika Petro Petrowytsch geworden war – nunmehr Erster Stellvertreter des Generalstaatsanwaltes – brachte den Hausbewohnern im Kampf gegen die Labuha keinerlei Vorteile. Und dass plötzlich Funktionäre aus Donezk auf hohe Posten in Kiew gehievt wurden, gab den Leuten den Rest. 2015 hatte das ganze Haus in geheimer Verschwörung gegen den Donezker Clan gestimmt und gehofft, Petro Petrowytsch würde endlich abgesetzt werden, woraufhin man die Labuha nach dreißig qualvollen Jahren endlich bei Eis und Schnee vor die Tür zu setzen gedachte. „Wenn die Alten am Ruder bleiben, hat's uns am Arsch." Eleganter ließ sich die Situation nicht beschreiben.

Die Kanaille lebte ihr Leben und ignorierte alles, was sich um sie herum abspielte. Alle Verwünschungen und Verschwörungen, alle Gespräche und nächtlichen Polizeivisiten, alle Drohungen, die jemand im Erdgeschoss an die Wand geschrieben hatte, einfach alles. Ihr Leben bestand aus zwei Bausteinen: aus größeren und kleineren Partys. Wenn die Labuha irgendwoher Kohle hatte, lud sie ihre ganze Clique ein und schmiss apokalyptische Feten. Hatte sie keine Kohle, kamen die Leute trotzdem, legten zusammen und machten auch Party, nur etwas bescheidener. Die Typen, mit denen sie sich umgab, waren unscheinbar und faszinierend zugleich, ich habe mich immer gefragt, wo sie die alle aufgabelte. Saboteure, Säufer, Prolls, ewige Loser, dauerhaft Arbeitslose und ständig Obdachlose. Sie brachten es fertig, in Windeseile beliebige Summen zu versaufen. Summen zwischen zwei- und dreitausend Hrywnja rannen als Schnaps durch die Kehlen, so wie bei heidnischen Ritualen das Blut der geopferten Jungfrauen in die Brunnen floss. In den Trinkpausen schnappten sie sich uns kleine Jungs und texteten uns mit ihrem philosophischen Gequatsche zu, bis die nächste Pulle in Sicht kam. Ich war ein williger und aufmerksamer Zuhörer. Erst viel später begriff ich, dass ich durch Zufall Bekanntschaft mit Bukowskis Protagonisten geschlossen hatte, noch ehe ich richtig lesen konnte. Lange bevor ich den Autor kannte. Tja, seinem Schicksal entkommt man wohl nicht.

***

Was ein Samstagmorgen ist, wusste Serhij Platonow eigentlich nicht. Gewöhnlich gab er sich, nachdem er die ganze Woche über seine gesetzlich vorgeschriebenen Stunden in der Bank absolviert hatte, freitagabends mit seinen Kollegen in einer Bar die Kante, kam erst tief in der Nacht nach Hause, warf sich ins Bett und schlief bis zum nächsten Abend durch. Der Samstagmorgen existierte für ihn nicht. Vielleicht gab es ihn, aber seit der Schulzeit hatte Serhij keinen mehr im wachen Zustand erlebt.

An diesem Samstag lagen die Dinge allerdings anders. Gestern hatte er von seinem Chef für heute einen Sonderauftrag bekommen. Nichts Kompliziertes: Er sollte bei einer Tussi zu Hause vorbeischauen und herausfinden, warum sie ihren Kredit nicht zurückzahlte. Wenn möglich, sollte er außerdem klären, warum sie nicht nur die Zahlung verweigerte, sondern ebenso dreist die Anrufe und Briefe der Bank ignorierte, also den von ihr unterschriebenen Vertrag nicht einhielt. In der letzten Woche waren mehrere Mitarbeiter bei ihr gewesen, hatten jedoch niemanden angetroffen, wahrscheinlich war die Dame in der Arbeit. Auf der Arbeitsstelle, die sie im Vertrag angegeben hatte, kannte sie allerdings niemand. Es war eine Minutensache, er brauchte die Frau bloß zu erwischen und herauszufinden, ob wenigstens die Adresse stimmte, die sie angegeben hatte. Da Serhij als Bankmitarbeiter einen seriösen Eindruck hinterlassen wollte, war er Freitagabend nach der Arbeit nach Hause gegangen und hatte sich nüchtern schlafen gelegt. Zum ersten Mal seit langer Zeit.

Mit einem Stadtplan in der Hand lief er von der Haltestelle los. Das Haus, in dem die Klientin wohnte, musste irgendwo ganz in der Nähe sein. Nachdem Serhij ein paar Runden durchs Viertel gedreht hatte, stieß er auf eine breite Straße, die zu beiden Seiten von ausladenden Kastanien gesäumt war. ‚Sieht schön aus', dachte Serhij und bog in den Hof ein, an dessen Einfahrt er die gesuchte Nummer fand.

Der Hof war frühsommerlich grün und morgendlich warm. Er wurde von einer roten Ziegelmauer und einem Kindergarten begrenzt. Die Hausmeisterin klapperte mit Eimern, irgendwo rief mit tiefer Stimme der Milchmann, ein paar Katzen sprangen kreuz und quer auf einem asphaltierten Streifen herum. Das Haus erwachte gerade erst zum Leben. Die Chancen, Frau Labuha anzutreffen, standen gut. Lächelnd machte sich Serhij auf die Suche.

Er lief auf die Hauseingänge zu und studierte die Metallschilder, auf denen die Wohnungsnummern des jeweiligen Aufgangs standen. Die Zwölf war im zweiten. Die schwere Metalltür hatte einen Zahlencode. Drinnen dröhnte höllische Musik, der Bankangestellte erschauderte, obwohl es draußen schon heiß wurde. Fröstelnd zog er die Schultern hoch und spürte, wie sich kalte Schweißtropfen in sein blütenweißes Hemd setzten. Jetzt kam der Türcode.

Allzu schwer konnte es ja nicht sein, da die Firmen, die codegesicherte Türen einbauten, sich auf zwei Codes beschränkten. Serhijs zweiter Versuch klappte.

Quietschend sprang die Tür auf. Das Treppenhaus war kühl und verqualmt. Die sommergrünen Bäume und der heiße Asphalt blieben draußen, der Junior-Bankberater betrat das dämmrige Stiegenhaus. Lief ein paar Stufen hinauf und hörte wieder diese schreckliche Musik, fühlte eine glatte, kalte Schlange über seinen Rücken kriechen. Am liebsten wäre er umgekehrt, aber dann fiel ihm ein, dass Mitarbeiter, die Aufträge nicht ausführten, sich nicht lange hielten, also klammerte er sich fester an das hölzerne Treppengeländer.

Als erstes musste er feststellen, dass es im Erdgeschoss kein Licht gab. Nur auf die Tür mit der Nummer Dreizehn vor ihm fiel aus einem winzigen Fenster auf dem Treppenabsatz ein kleiner Lichtkegel. Serhij strengte seine Augen an und suchte an den Türen nach den Wohnungsnummern. Richtig. Zwölf bis Vierzehn. Er holte sein Handy aus der Tasche, um sich Licht zu machen.

Die Tür der Zwölf sah krass aus. Wie die meisten Büroangestellten holte sich Serhij seinen Kick bei Computerspielen, Sportwetten und Fernsehnachrichten. Da die ersten beiden Vergnügungen mit der Zeit auf die Augen und ins Geld gingen, hatte er sich auf die Nachrichten verlegt. Nachrichten aus Politik, Showbiz und Verbrecherwelt waren seine Leidenschaft. Und so hatte er vor einiger Zeit gesehen, wie die Eingänge zu Polizeirevieren nach Zusammenstößen mit griechischen Anarchisten aussahen. Hier bot sich ihm ein ähnlicher Anblick. Die Wand neben der Tür war schwarz vor Ruß, der Holzrahmen war angekohlt, an der rechten Seite baumelte an einem räudigen Draht hilflos wie ein Selbstmörder die Klingel. Die versiffte Tür war mit einem merkwürdigen Papierbild beklebt. Vor der Tür lag ein Fußabtreter aus Kunststoff mit der adretten Aufschrift *Home Sweet Home*, aber als Serhij versehentlich darauf trat, gluckerte es unter seinen Füßen. Als hätte sich die Hölle aufgetan, stank es plötzlich nach einem Gemisch aus Urin, Blut und Fusel. Blitzartig zog Serhij seinen besudelten Schuh von dem Abtreter zurück. Wieder huschte ihm die kalte Schlange über den Rücken und verschwand in der Leistengegend.

„Scheiße", zischte Serhij und wischte seinen Schuh mit einem Taschentuch ab.

Serhij brauchte drei Minuten, um sich wieder zu fassen. Auf der Suche nach der richtigen Klingel leuchtete er nochmals die Wände ab, fand aber nichts.

‚Na gut, alles halb so wild. Ich klingle, stelle meine Frage und kratze die Kurve. Ab in die Bar. Dann hole ich den gestrigen Abend nach. Okay?', nahm er sich vor.

Der Gedanke an die Bar weckte Serhijs Lebensgeister. Er strich sich seufzend die Haare glatt, holte Mappe und Stift aus der Tasche und setzte sein schönstes Banklächeln auf.

Dann hämmerte er gegen die Tür. Er durchbrach mit den Fingerknöcheln das Papierbild, wischte die Finger an der Jeans ab und klopfte wieder. Einmal, zweimal, dreimal. Wieder diese grauenvolle Musik. Wieder kroch die Schlange unterm Hemd vom Hals abwärts, verschwand aber dieses Mal nicht, sondern rollte sich in der Leistengegend zusammen und zischte. Serhij wurde übel.

Drinnen änderte sich das Lied, die Melodie wechselte von schauerlich-schmachtend zu aggressiv. Platonow wartete kurz und wummerte jetzt mit der Faust gegen die Tür. Schritte erklangen, und eine alte, brüchige Stimme jaulte gegen die Musik an:

„Was iss?"

„Was soll sein?", rief Serhij verwirrt zurück.

Das Echo flog hoch hinauf bis ins oberste Stockwerk und verklang erst unter dem Dach.

„Was los iss, will ich wissen! Was hämmerst du so gegen die Tür?"

„Ich möchte gern Vira Serhijiwna Labuha sprechen." Serhij schlug einen offiziellen Ton an.

„Und wer bist du, dass du mit mir sprechen willst, he?"

‚Sie ist tatsächlich ab und an zu Hause, na, bitte. Dann kann ich ja abhauen', dachte Serhij. Aber sein Ehrgeiz und der Wunsch, vor dem Chef gut dazustehen, kamen ihm in die Quere. Platonow war schon fast zur Tür hinaus, aber als er sich ausmalte, was sein Chef für ein Gesicht zöge, wenn er mit brandneuen Informationen über Vira Serhijiwna Labuha aufwartete, rief er:

„Die Bank will Sie sprechen!"

„Was denn für eine Bank zum Teufel?", krächzte es drohend hinter der Tür.

Die Musik ging aus, und Serhij hörte Schritte von mehreren Personen, die die gerade eingetretene Stille durchbrachen.

„Sie haben bei uns im Februar einen Kredit über 13.000 aufgenommen und bislang noch keine einzige Rate gezahlt", rief Serhij und fragte sich, wie diese Natascha aus der Kreditabteilung so jemandem überhaupt ein Darlehen gewähren konnte. „Jetzt machen Sie doch auf! Lassen Sie uns vernünftig reden! Ich habe alle Papiere dabei, ich kann Ihnen alles zeigen."

„Aufmachen? Das könnte dir so passen! Ich mach auf, und du raubst mich aus oder vergewaltigst mich! Ich bin doch nicht blöd!"

Serhij stellte sich vor, was in dieser Bude hinter der verkohlten Tür wohl zu holen war und wie man eine Frau vergewaltigte, die so röhrte und laut Formular schon fast sechzig Jahre auf dem Buckel hatte. Ihn packte der Schrecken.

„Ich bitte Sie! Ich komme im Auftrag der Bank! Wie könnte ich denn?!"

„Ach was, und ob du kannst!"

Serhij überlegte und musste ihr insgeheim recht geben, dass jemand anderes das womöglich fertigbrachte. Aber nicht er.

„Vira Serhijiwna, nun machen Sie doch auf und lassen Sie uns vernünftig reden!"

„Scher dich zum Teufel, du Furz!", blaffte ein versoffener Bass dazwischen.

„Jetzt mach mich hier mal nicht blöd an, Opi, sonst hol ich die Polizei, die lochen dich ein, da kannst du in der U-Haft deinen Müll ablassen." Serhij war auf hundertachtzig.

„Hau ab!", wiederholte die Stimme, allerdings etwas versöhnlicher.

„Ich hol die Bullen", erklärte Serhij seine Drohung mit einfachen Worten.

„Tu dir keinen Zwang an, denkst du, du bist der erste, der auf die Idee kommt? Na los, mach schon!"

Mittlerweile konnte Serhij die versoffenen und verrauchten Stimmen zuordnen. Das eben war Frau Labuha gewesen. Der Banker trat von einem Bein aufs andere, weggehen kam nicht in Frage, das würde ja sonst so aussehen, als hätten ihn die beiden vertrieben. Drinnen kam wieder Bewegung auf, die beiden schleppten etwas zur Tür, Serhij Platonow schweifte in Gedanken ab.

‚Warum tue ich mir das eigentlich an?', fragte er sich. ‚Ich verziehe mich jetzt, hole Natascha und Katja ab, wir machen eine nette kleine Kneipentour, und ich schau mal, welche von beiden schneller dicht ist, die kommt dann mit zu mir. Oder beide.' Sehnsüchtig kniff er die Augen zusammen. Auf einen flotten Dreier hatte er schon lange Lust, leider blieb er fern und unerreichbar wie die Paradiespforte für Politiker. ‚Verdammt, heute nehme ich sie beide. Gleichzeitig!', beschloss Serhij, und beflügelt von diesem Gedanken wollte er sich schon umdrehen und diesem spelunkigen Treppenhaus den Rücken kehren, bloß weg von der Labuha und ihrem Saufkumpan, weg von diesem triefenden und stinkenden Vorleger *Home Sweet Home* und überhaupt weg aus dieser absurden Situation, in die er da geraten war.

Doch genau in diesem Moment brachte sich die Kanaille mit ihrer brüchigen Stimme wieder in Erinnerung:

„Was ist, Banker, schon die Hosen voll?"

„Nein."

„Zeig mal deine Papierchen her."

„Wie soll ich Ihnen denn bitte schön die Papierchen zeigen, wenn Sie nicht mal einen Spion in der Tür haben?" Serhij leuchtete mit dem Handy, konnte aber nirgends ein Guckloch entdecken.

„Schieb sie unter der Tür durch. Ich seh mir alles an, geb sie dir zurück und mache auf, wenn alles okay ist."

„Vor Ihrer Tür hat einer hingepinkelt und hingekotzt. Wie soll ich da etwas durchschieben?"

„Das passt schon. Immer locker bleiben, Banker", mischte sich die Männerstimme ein.

„Verpiss dich, du Arsch!", ätzte Serhij. Diese verdammten Idioten stahlen ihm hier die Zeit und hielten ihn obendrein von seinem herrlichen und erschöpfenden, wenngleich momentan nur imaginären Sex mit Natascha und Katja ab.

Aber er hatte offenbar vergessen, wo er war. Vergessen, dass in den hiesigen Breiten unpassende Äußerungen, der gelaberte Scheiß sozusagen, üble Folgen nach sich ziehen konnten. Serhij hatte die letzte Silbe seiner Schmähung noch gar nicht ganz ausgesprochen, als es drinnen ein trockenes und dürres Krachen gab, dem eine ohrenbetäubende Explosion folgte.

Die Labuha und ihr Kumpan hatten buchstäblich in letzter Minute ihre alte Flinte rausgeholt und hinter der Tür in Position gebracht. Dass sie losging, überraschte nicht nur Serhij, sondern auch die beiden. Die Labuha konnte es nicht ausstehen, wenn jemand ihre Freunde dumm anmachte. Ganz zufällig hatten ihre Finger den Abzug betätigt. Das Gewehr knallte ihr gegen die Schulter, mit einem kinoreifen Krachen durchschlug die Kugel das dünne Holz und zerfetzte das bunte Papier. Im nächsten Moment vollführte Serhij eine elegante Drehung und landete schmerzbenommen neben der Nachbarstür. Seine Schulter fühlte sich an, als hätte man ihm einen Bolzen eingesetzt und festgeschraubt oder besser gesagt mit einem Fünf-Kilo-Hammer eingeschlagen. Sein weißes Hemd war voller Blut, die Hände gehorchten ihm nicht, die Zähne klapperten, als wollten sie die Schrotkugeln im kühlen, stillen Treppenhaus parieren. Wie die Blütenblätter einer Trauerrose lagen die besudelten Quittungen und Bankpapiere um ihn herum verstreut. In der Tür klaffte ein riesiges Loch, aus dem zwei eingefallene Gesichter herausschauten. Hinter den beiden Jammergestalten brannte gelbes elektrisches Licht, einzelne Strahlen fielen ins Treppenhaus und beleuchteten den entsetzten Serhij.

„Verpiss du dich doch!“, sagte der Alte und fletschte die Zähne. „Was ist, Schwuchtel?“ Er spielte auf die langen Haare des Besuchers an, die normalerweise in diesem Stadtteil nicht so getragen wurden. „Ist das Guckloch groß genug? Zeigst du uns jetzt die Papiere?“

„Sie ... Sie ...“ Zitternd versuchte Serhij, sich wenigstens in eine sitzende Position zu bringen und mit seiner Hand die Wunde zu bedecken, aus der Blut sprudelte. „Sie sind doch übergeschnappt!“

Für ihn war das Gespräch beendet. Er lehnte sich an die Tür und holte mit seiner gesunden Hand das Handy hervor. Dann rief er die Polizei an, gab die Adresse durch und schloss mit einem Seufzer der Erleichterung die Augen.

In seinem Kopf drehte sich alles, als er die Augen wieder öffnete, kamen aus den Gesichtern hinter dem Loch bunte Flecken auf ihn zugeflogen. Plötzlich ging die Tür auf, und zwei dunkle Gestalten traten in den Lichtkegel. Die eine hatte ein kleines Fleischerbeil und einen flaschenförmigen Gegenstand in der Hand, die andere hatte die Flinte geschultert. Serhij zuckte zusammen und wollte rückwärts, stieß aber gegen das kalte Metall der fremden Tür.

„Wir sind nicht übergeschnappt, Banker, keine Angst", sagte die Gestalt mit der Flinte versöhnlich, in der Serhij Vira Serhijiwna Labuha erkannte.

Die Labuha rückte ihm auf die Pelle – der Junior-Bankberater schaute einer Sensenfrau ins Gesicht. Vira Serhijiwna hatte wasserstoffblond gefärbte Zotteln, die sie mit dem Brenneisen traktiert hatte, weswegen sie spröde und störrisch waren. Die Strähnen standen nach allen Seiten ab und erinnerten an die späte Pugatschowa. Vira Serhijiwna hatte eine Fahne und war grell und wild geschminkt, was Serhij zum wiederholten Mal die Schlange des Schauders über den Rücken jagte. Die Labuha hing leicht schwankend über dem Verletzten, den Finger hielt sie weiter am Abzug. Dass die Flinte wieder geladen war, stand für Serhij außer Zweifel.

„Nimm's uns nicht krumm, Banker. Wir kennen dich nicht, du kennst uns nicht, so weit, so gut. Du fällst hier ein, machst uns dumm an, kommst mit irgendwelchen Forderungen und pöbelst dann auch noch den Holzfäller an. Was ist das überhaupt für eine Bank, deren Mitarbeiter sich gegenüber ihren Kunden dermaßen im Ton vergreifen?" Sie tippte ihm mit dem Gewehrlauf an die gesunde Schulter, Serhij drehte sich weg.

Als Beweis, dass er wirklich ein Holzfäller war, holte der Typ mit dem Fleischerbeil theatralisch aus und setzte dann die Flasche an. Serhij verzog das Gesicht. Der Stoß mit dem Gewehrlauf holte den Angeschossenen ins Hier und Jetzt, in die Realität zurück: der unsägliche Schmerz, die blutende, kaputte Schulter, der verrenkte Körper, alles war wieder da.

„Können Sie vielleicht … einen Arzt rufen?“, stöhnte Serhij.

„Kriegst du, du kriegst deinen Arzt, mach dir nur nicht ins Hemd, Kleiner“, sagte der Holzfäller sanft und beugte sich ebenfalls über ihn.

Die Decke über Serhij bewegte sich, mal kam sie näher, mal entfernte sie sich, ihm war schwindelig. Er wollte sich zur Seite beugen und zur Tür kriechen, aber der Holzfäller schob sein Knie dazwischen. Der Alte hielt Serhij die Flasche hin, der schob sie zuerst weg, griff dann doch mit der gesunden Hand zu und nahm ein paar kräftige Schlucke. Wärme strömte durch seinen Körper und spülte den Schmerz fort.

Als die Labuha sah, dass der Banker am Wegtreten war, sagte sie:

„Tschuldigung, jetzt mal. Da ist mir der Kragen geplatzt, als du den Holzfäller angepöbelt hast.“

„Er hat ja angefangen.“

„Halt, halt, Freundchen, jetzt mal halblang. Er ist hier zu Hause, und du bist auf der Arbeit. Und wenn er dir die Krätze in den Arsch bläst, hast du nicht aufzumucken. Wir sind hier nämlich die Kunden, und du bist der Dienstleister. Also, Kumpel, du hast es versaut. Korrekt?“

„Nein.“

„Falsche Antwort. Der Kunde hat immer Recht. Du bist der Dienstleister, vergiss das nicht. Spiel dich hier bloß nicht so auf!“

„Wieso mussten Sie denn schießen, verdammt noch mal?“ Serhij war völlig fertig. „Und dann auch noch in die Schulter! Hätten Sie denn nicht vorbeischießen können?“

„Wollt ich ja“, rief die Labuha beschwichtigend. „Du kannst Gott danken, dass du noch am Leben bist, ich hätte genauso gut den Kopf treffen können, dann hätte sich’s ausgeschwafelt, kapiert?“

Serhij riss dem Holzfäller die Flasche aus der Hand und nahm noch ein paar kräftige Schlucke. Jetzt wurde es ihm richtig heiß, die Wunde fing an zu pulsieren, scharf und schmerzhaft, im Unterbauch rumorte es.

„Das war zu viel des Guten", brummte der Holzfäller missmutig und setzte sich neben Serhij.

„Gönnst du mir wohl nicht, was? Das ist für den Arm!"

„Der Wodka gehört mir. Und geschossen hat Vira."

„Na und?"

„Nichts. Du gehst mir auf die Ketten. Lass uns was machen."

„Was machen?" Serhij verstand nichts.

„Meine Seele verlangt, Dings, Entschädigung ..." Aus den Tiefen seines Unterbewusstseins hatte der Holzfäller dieses Wort hervorgekramt und ausgesprochen. „Du musst bestraft werden."

„Wofür denn?"

„Für meinen Wodka, du Idiot!"

„Vira Serhijiwna", wandte sich Serhij hilfesuchend an die Labuha. „Können Sie nicht beim Holzfäller ein gutes Wort für mich einlegen?"

„Hast du sie noch alle? Der hätte mich vorgestern beinahe zerhackt!"

„Dann kriege ich jetzt also eine Strafe für den Wodka? Und wer bestraft euch für den Arm?"

„Hast du die Polizei gerufen?"

„Ja."

„Na, dann wart halt, bis sie kommen und uns bestrafen. Und wir bestrafen dich ohne die Bullen. Wir haben die doch nicht gerufen, Vira, oder?"

„Nein, haben wir nicht", bestätigte sie.

Serhij schaute sie mit glasigen Augen an. Die Labuha setzte sich neben ihn, die altersschwachen Stampfer auf dem kalten Boden aufreizend gespreizt, und steckte sich eine Zigarette an. Hielt dem Holzfäller die Schachtel hin. Bot Serhij eine an. Der nahm sie, zog, und ihm wurde übel.

„Und was ist nun?“, fragte Serhij schicksalsergeben.

„Wir machen die Sache fair, wie bei den alten Wikingern.“ Der Holzfäller kam in Fahrt. „Wir überlegen uns was für dich, eine Bewährungsprobe. Wenn du Glück hast und die Probe bestehst, bist du unschuldig und aus der Sache raus. Wenn nicht, bestrafen wir dich.“

„Okay.“ Serhij gefiel die Idee.

„Also. Ich schlage Folgendes vor“ – der Holzfäller überlegte einen Augenblick – „Du hast deine Zigarette als Letzter angezündet. Wenn die Streife kommt, bevor deine Zigarette ausgeht, hast du Glück gehabt. Wenn nicht, hacke ich dir den Arm ab. Ist ja sowieso Schwachsinn – ein angeschossener Arm. So kriegst du wenigstens Schmerzensgeld. Arbeitsunfall! Geschnallt?“

„Klar.“

„Einverstanden?“

Serhij ließ seinen Blick durchs enge Treppenhaus schweifen, zog an der Zigarette und willigte ein.

Die Schnapsflasche kreiste, jeder nahm immer genau einen Schluck. Serhij blickte wieder und wieder zur geschlossenen Haustür und versuchte sich an ein Gebet zu erinnern. Der Holzfäller fuhr mit seinem kleinen Finger zärtlich über die Klinge des Fleischerbeils und lächelte. ‚Na, Platonow, wie wär's jetzt mit einem flotten Dreier? Klasse, verdammt, aber irgendwie schräg‘, schoss es Serhij durch den Kopf, schnell hatte sich der Gedanke wieder verflüchtigt.

Als Erste drückte die Labuha ihre Zigarette aus. Eine halbe Minute später der Holzfäller. Er stand auf, presste Serhijs Körper mit dem Knie gegen die Tür und hob dessen verletzten Arm an. Serhij Platonow, der Nachwuchsbanker, hatte wieder Schmerzen und heulte auf. Ihm blieben vielleicht noch zwei Züge. Beim letzten Zug bremste ein Fahrzeug vor der Haustür, Leute stiegen aus, Füße trappelten.

Mit einem Schlag flog die Tür auf, der anrückenden Polizeistreife bot sich ein groteskes Bild: Auf dem Fußboden vor einer blutbespritzten Wand und Tür sitzen drei Leute. Ein junger Mann, in einem ehemals weißen Hemd, betrunken, das sieht man von weitem. Der Zweite, alt, versifft, mit einem Fleischerbeil in der Hand, presst den Ersten gegen die Wohnungstür und hält dessen Arm nach oben in der Absicht, ihn abzuhacken. Neben diesen zwei Vollidioten fläzt Vira Labuha, die ewige Skandalnudel des Viertels. Der Chef der Streife war sofort im Bilde.

„Sauberer Anblick. Was ist hier los, Vira?"

„Dd-der bb-esoffene Hirni da w-wollte bei mir und dem Holzfäller einbrechen", lallte die Labuha.

„Stimmt das?", wurde der Holzfäller gefragt.

„Genau so war's, Genosse Natschalnik, die reinste Wahrheit. Ich wollte ihm einen Denkzettel verpassen, sonst kommen hier noch Hinz und Kunz an."

„Ihm den Arm abschlagen?"

„Tja, was hilft's? Ordnung muss sein."

„Du bist so was von beschränkt, und dabei warst du doch mal am Theater", mokierte sich der Polizist.

Die Streife fasste den stockbesoffenen Serhij unter und zerrte ihn auf die Straße. Das grelle Grün reizte ihn, ihm wurde schlecht, er musste sich übergeben. Die Polizisten waren anständig. Sie kauften ihm Mineralwasser und gaben ihm ein paar Ohrfeigen, damit er zu sich kam. Nahmen ihn mit aufs Revier.

Eine Stunde später saß der Junior-Bankberater Serhij Platonow auf einer Bank vor dem Polizeirevier, immer noch benebelt, aber immerhin mit einem bandagierten Arm und einem halbwegs frischen Kopf. Er erzählte, was passiert war, oder besser gesagt, das, woran er sich noch erinnerte. Der Oleu hörte ihm zu und seufzte zerknirscht.

„Arschgeige. Nicht mal am Samstag lässt einen die blöde Kuh in Ruhe. Wenn du wüsstest, wie die Alte uns auf den Sack geht. Die hat hier schon Generationen von Polizisten verschlissen.“

„Krasse Omi“, sagte Serhij mitfühlend.

Er raffte sich auf und erhob sich mühsam, um sich auf den Weg zu machen, zuerst zur Haltestelle und dann nach Hause. Aber die kräftige Polizistenhand hielt ihn zurück.

„Moment mal, Kumpel, ’n Fünfer wär eigentlich ganz angebracht.“

„Wofür das denn, verdammt?“, fragte Serhij verwundert.

„Na hör mal, schließlich haben wir wegen dir Benzin verfahren, dir Wasser gekauft, einen Verband gemacht und deine Kotze weggewischt.“

„Ja, stimmt schon ...“

„Na, siehst du. Ich will doch gar nicht viel. Eine kleine Entschädigung. Alles ganz fair.“

„Wie bei den Wikingern, ich weiß schon“, sagte Serhij und lächelte schief, weil er dieses seltene Wort heute zum zweiten Mal hörte. Er warf einen zerknitterten Fünfer auf die Bank und torkelte zur Haltestelle.

## Wohnung 13
## Revolte

„Wie denn?"

„Sieh's dir selbst an." Der ältere der beiden Männer zog ein Schubfach auf und warf einen Stapel Dokumente auf den Schreibtisch.

„Was ist das?" Über den Tisch gebeugt, schob Raschid die Papiere zusammen und richtete sie an der Tischkante zu einem akkuraten Stapel. Ordnung war ihm wichtig.

Machmed zündete sich eine Zigarette an und rannte in die Küche, um den kurz zuvor aufgebrühten Tee zu holen. Er schickte den Rauch mit einem so glücklichen und geheimnisvollen Blick in Richtung Decke, dass Raschid ihn kopfschüttelnd anschaute und sich dann wieder den Papieren widmete. Irgendwann reichte es ihm und er schob die Unterlagen wieder seinem Kumpel zu.

„Schluss mit dem Zirkus. Ich kapier bloß, dass es irgendein juristisches Dokument ist. Mein Ukrainisch ist ziemlich mau, wie du weißt. Was ist das?"

„Das, mein Lieber, ist unser Ticket in eine glückliche Zukunft."

„Hör auf mit dem Gelaber!"

„Guck doch mal richtig hin!"

Machmed griff noch einmal in das Schubfach und holte einen broschierten Stadtplan heraus. Er blätterte, fand die Seite mit dem richtigen Stadtteil und legte sie aufgeklappt auf den Tisch. Zwei Wuschelköpfe beugten sich über die Karte.

„Letzte Woche habe ich mich mit Zhorik getroffen. Kannst du dich an den noch erinnern?"

„Ist das der Hirsch von den Märkten? Klar erinnere ich mich an den."

„Genau der. Der vor ein paar Jahren die ganzen Märkte in Makijiwka aufgekauft hat. Scheiß Monopolist."

„Und weiter?"

„Na, der sitzt doch seit letztem Herbst für die Regierungspartei im Stadtrat. Im Frühjahr wollte er unsere Leute irgendwie übern Tisch ziehen, die waren kurz davor, ihn abzustechen. Und ich hab ihn rausgehauen."

„Stimmt, da war was."

„Also, mit dem habe ich mich letzte Woche getroffen und ihm gesagt, dass ich auf seinem Markt einen großen Laden bauen will. Und dass ich Baugrund brauche."

„Auf der Puschka?"

„Exakt. Die liegt für uns günstig. Super Platz."

„Und er? Er hat doch nicht etwa verkauft?"

„Erst hat er ein bisschen rumgezickt, von wegen da gäb's ein juristisches Problem, ich als Machmed Sultanow könne keinen ukrainischen Grund und Boden erwerben. Dann hab ich ihm klargemacht, wie viele wir hier in der Stadt sind und dass wir ihm ordentlich die Hölle heiß machen können. Und dass er mir sein Leben verdankt, weil ich, Machmed Sultanow, angeordnet habe, dass er in Ruhe gelassen wird. Der ist ja jetzt richtig an der Macht, da oben."

„Ja, klar."

„Er soll sich was einfallen lassen, hab ich ihm gesagt, und zwar schnell."

Raschid schielte auf die Dokumente und sagte lächelnd: „Der hat vielleicht Schiss! So schnell hat der das hingekriegt?"

„Vor uns haben alle Schiss", rief Machmed gehässig und blickte auf die Papiere. „Absolut alle. Aber das ist nicht das Ding."

„Ach so."

„Diese Ratte hat sich nach unserem Gespräch so ins Hemd gemacht, dass er gestern Morgen im Stadtrat gleich irgendein Gesetz durchgebracht hat, das dieses juristische Problem behebt. Wir können jetzt kaufen. Also habe ich gekauft."

„Ach, so schnell? Gratuliere!"

„Halt, nicht so schnell. Weißt du, was da alles dahintersteckt?", wollte Machmed wissen.

„Na, was soll da dahinterstecken? Du ziehst ein neues Business auf. Baust einen Laden, am besten gleich über mehrere Etagen. Das wirft mehr ab. Und dann machst du ordentlich Kohle. Wenn du meine Hilfe brauchst, du kannst auf mich zählen, weißt du ja. Ich kann dir Leute besorgen, wenn's was zu bewachen oder zu verteidigen gibt. Und Baumaterialien. Kein Problem, du kannst dich auf mich verlassen."

„Du raffst es nicht. Bei dir muss man immer im Urschleim anfangen."

Raschid lehnte sich auf seinem Stuhl zurück und schwieg beleidigt. In der Wohnung war es still, nur durch das geöffnete Küchenfenster drangen von draußen sommerliche Geräusche.

„Jetzt krieg dich mal ein, Alter. Was soll das denn? Hör lieber zu." Machmed faltete die Hände, als wollte er beten, und schaute seinem Kumpel auf den Nasenrücken. „Zhorik, diese Ratte, hat derart Schiss um sein Leben, dass er sogar bereit ist, den heimatlichen Boden Stück für Stück zu verkaufen. Wir haben Schwein, dass jetzt solche korrupten Idioten am Ruder sind. Und wir machen jetzt Folgendes."

Machmed schlug den Stadtplan auf und winkte Raschid heran. Der hatte seinen Ärger schon vergessen und beugte sich voll konzentriert über den Tisch.

Der Ältere tippte auf einen Punkt in der Nähe ihres Hauses.

„Hier. Hier werden wir bauen."

„Puschka, oder?"

„Genau. Und jetzt sieh mal hier", Machmed blätterte weiter und schlug eine Seite mit einem anderen Stadtviertel auf. „Hier wird sich unser Freund Abdul ein Grundstück holen. Und hier" – er blätterte noch ein paar Seiten weiter – „die Brüder Achmudow, Achmed und Raschid. Die sind noch neu, Zhorik kennt sie noch nicht so gut, deswegen hat er vor ihnen nicht so viel Angst. Hier könnten wir deine Jungs gebrauchen, um den Ochsen ein bisschen einzuschüchtern. Kapiert?"

„Klar. Dann haben wir auf allen Märkten eigene Läden. Krass, Machmed, voll krass! Da kommt ordentlich was rüber."

„Das ist noch nicht alles. Guck mal weiter. Das ist nur Makijiwka. Das Gesetz schließt aber den ganzen Oblast ein, das heißt, wir können im ganzen Donbass Land kaufen! Wo's klappt, machen wir 'n bisschen Druck und holen uns die Flächen für 'n Apfel und 'n Ei, wo nicht, nehmen wir einfach Geld in die Hand. Hauptsache, dass es bis zum Spätsommer auf möglichst vielen Märkten schon mit den Bauarbeiten losgeht."

„Tss, machst neuerdings einen auf Oligarch, was?"

„Quatsch, wir drehen ein richtig großes Ding."

„Versteh ich nicht." Raschid rieb sich nervös die Stirn.

Anstatt Raschid zu antworten, lief Machmed ins Nachbarzimmer und setzte sich an den Computer. Raschid folgte ihm.

Seine Finger huschten über die Tasten, während er seinen jüngeren Kumpel aufklärte: „Laut der Volkszählung von 2001 leben 45200 von uns in der Ukraine, die meisten in den Städten. So steht's bei Wikipedia. 8000 im Gebiet Donezk, im Gebiet Charkiw 5600 und genauso viele im Gebiet Dnipro. Wir haben ziemlich zugelegt, zwischen 1960 und 1990 ist die Zahl um das Fünfeinhalbfache gestiegen. Hast du's begriffen?"

„Mmh, so ungefähr."

„Nach 2001 hat's keine Volkszählung mehr gegeben. Keine Ahnung, was mit den Ukrainern los ist, ob sie kein Geld haben oder keine Zeit. Wahrscheinlich ist es den Typen, die da am Ruder sind, einfach scheißegal, was hier im Land abgeht. Deswegen machen die auch keinen Finger krumm." Machmed zeigte auf die Wikipedia-Seite, die sich endlich aufgebaut hatte. „Ich war schon hier, als die Zählung 2001 stattgefunden hat. Schon damals waren wir mindestens doppelt so viele, wie in der Statistik steht. Keine Ahnung, wie's in anderen Oblasts aussieht, von denen sie da noch schreiben, aber im Donbass auf jeden Fall. Schon damals war die Hälfte von uns illegal hier."

„Das war vor meiner Zeit."

„Weiß ich, weiß ich doch. Worauf ich hinauswill: Seit der letzten Volkszählung sind wir viel mehr geworden. Wir machen im Prinzip den ganzen Kleinhandel, wir kontrollieren auch die Märkte, obwohl der Boden Leuten von hier gehört. Wenn wir wollten, könnten wir hier in der Region die Macht übernehmen."

„Das hast du schon gesagt. Aber wie du das anstellen willst, möchte ich mal wissen."

„Hier in der Region, also in unserem Oblast, leben die meisten von uns. Nach der Statistik von 2001, das heißt nach den Angaben von vor fünfzehn Jahren, sind wir achttausend. Nach meinen eigenen Berechnungen müssten wir vierzig- bis fünfzigtausend sein."

Raschid antwortete mit einem Pfiff. Er trat vom Bildschirm zurück und lief im Zimmer auf und ab, um die Beine zu lockern. Er steckte sich eine Zigarette an und gab auch Machmed Feuer. Der Rauch stieg nach oben, ein Luftzug wehte ihn hinaus auf die Straße.

„Krass. Jetzt hab ich kapiert, worauf du hinauswillst."

Raschids Miene änderte sich. Seine Bewegungen wurden forsch und zackig, ein gieriger Glanz trat in seine Augen.

„Ich hab's verstanden. Wir kaufen möglichst viele Flächen und tun so, als würden wir Geschäfte bauen. Deswegen bist du auf die Märkte aus, weil die uns ja sowieso schon gehören, das fällt nicht weiter auf."

„Genau, Raschid, ganz genau."

Fasziniert vom Plan seines Freundes, fuhr er fort: „Und mit der offiziell genehmigten Bautätigkeit legalisieren wir unsere Landsleute, sie werden legale Arbeitnehmer."

„In einem Land, wo die Regierung keinen Finger krumm macht, bleiben die Zahlen allerdings immer gleich ..."

„Und deswegen kommen über die Wege, die wir zwei genommen haben, tausende neue Landsleute nach." Raschids Gedanken überschlugen sich.

„Bravo!"

Raschid tigerte durchs Zimmer, dauernd waren ihm ein Tisch, ein Stuhl oder eine Wand im Weg, aber er ignorierte das einfach.

„Und? Weißt du jetzt, wie's dann weitergeht, du Nase?", spornte Machmed ihn an.

„Ja! Wir können ja alle mit Waffen umgehen, seit wir klein sind. Na ja, vielleicht nicht alle, aber die meisten. Und wenn erst alle ihre Posten haben, reicht ein Signal, und wir übernehmen die Macht!"

„Perfekt, Kumpel! Ich weiß doch, was ich an dir habe. Du bist also dabei? Wir müssen mal mit denen sprechen, die schon Einfluss haben, bei dem einen oder anderen müssen wir vielleicht mit einer Extraerklärung nachhelfen, aber die meisten machen sicher gleich mit. Der Donbass gehört uns schon lange, jetzt wird's Zeit, dass wir hier endlich offiziell an die Macht kommen."

In diesem Augenblick knallte im Treppenhaus ein Schuss. Dann kam ein kläglicher Schrei. Schnell liefen Raschid und Machmed in die Abstellkammer neben der Küche und stürmten dann zur Wohnungstür. Beide hielten Baseballschläger in der Hand, die sie kurz zuvor auf dem Zentralen Basar gekauft hatten, Raschid hatte sich noch ein großes Messer mit einer krummen Klinge in den Gürtel geschoben.

Die beiden Männer lauerten angespannt hinter der Tür. Machmed nahm ein Blatt Papier vom Tisch und wedelte damit vor dem Spion herum, um herauszufinden, ob die Waffe auf ihre Wohnung gerichtet war. Es passierte nichts, draußen vor der eisenbeschlagenen Tür waren Stimmen zu hören.

„Was ist denn da los?“, flüsterte Raschid.

Machmed schaute ihn schweigend an und trat an den Spion. Wieder wedelte er mit dem Blatt hin und her und schaute dann vorsichtig durch das Guckloch.

Mit dem Rücken an die Tür der Nachbarwohnung gelehnt, saß da ein junger Mann in einem weißen, blutverschmierten Hemd. Über ihm hing Vira, die Kanaille, ein Gewehr geschultert, neben ihr ein Typ mit einem Beil. Machmed sah ihn manchmal beim Friseur am Busbahnhof und auf dem Markt an den Ständen mit Katzenfutter. Er hatte einen dämlichen Namen, der irgendwie kriminell klang, Koljan oder Toljan.

Toljan-Koljan reichte dem Jungen eine angebrochene Flasche Wodka, der nahm eine paar kräftige Schlucke und ächzte. Die drei redeten irgendwas, durch die Tür war allerdings nichts zu verstehen. Es sah so aus, als wollten sie den Verwundeten auf der Stelle, mitten im Treppenhaus, kaltmachen.

„Was is’n los?“, fragte Raschid wieder, diese Mal lauter.

Machmed schüttelte den Kopf, keine Panik, nichts weiter, sollte das heißen. Aber er ließ den Schauplatz nicht aus den Augen.

Für den Verletzten sah es nicht gut aus: Die drei hatten sich eine Zigarette angezündet, Labuhas Busenfreund zerrte den Arm des Jungen in die Höhe, presste ihn gegen die Wand und fuchtelte mit seinem Beil herum. Weiter passierte nichts.

„Schweine", rief Machmed, er riss sich von dem Schauspiel los und überließ seinem Kumpel den Platz.

Raschid sah, was los war, und schaute seinen Freund fragend an.

„Was ist?", fragte der verständnislos.

„Sollen wir den Jungen raushauen? Die gehen zu weit."

„Gestern wär das noch was anderes gewesen. Da hätte ich die ausgelutschten Alkis in ihre Hütte zurückgescheucht. Und den Jungen ins Krankenhaus gefahren."

„Und warum nicht heute?"

„Wir müssen uns für eine größere und wichtigere Sache schonen."

„Stimmt, verdammt", zischte Raschid. „Oder soll ich vielleicht doch ...? Die zwei rennen doch schon weg, wenn ich nur zur Tür rausgucke!"

„Guck dir die mal an! Denen geht alles am Arsch vorbei! Die rennen nicht weg. Die Kanaille hat ein Gewehr und ihr Alter ein Beil. Lass es lieber, ich brauch dich noch."

„Na, gut." Widerwillig lenkte Raschid ein, und seine Hand ließ das Messer los.

Er schaute nervös durch den Spion ins dämmrige Treppenhaus und hatte vor Wut die Fäuste geballt. Draußen stand das Finale an, alle bis auf den Jungen hatten aufgeraucht, und auch ihm blieben noch höchstens drei Züge. Der Typ fuchtelte mit seinem Fleischerbeil herum, auf dem Gesicht der Kanaille stand ein wildes, wirres Lächeln, plötzlich flog die Haustür auf, und ein paar Polizisten stürmten herein.

Raschid wich zurück und griff wieder nach seinem Messer. Die beiden tauschten ein paar angespannte Blicke, dann kehrte Raschid verunsichert zur Tür zurück. Doch das Treppenhaus war bereits leer. Er sah nur noch den Rücken der beiden Polizisten, die im hellen Viereck der Haustür verschwanden, und eine dunkle Blutlache, deren Ränder fast bis an ihre Wohnungstür heranreichten.

Alles war wieder still.

„Was war denn das?“, fragte Raschid seinen Boss.

„Was schon? Die Alte macht mal wieder Party. Wann holt die endlich der Teufel?“

Die beiden Umstürzler beruhigten sich. Um runterzukommen, machten sie sich einen Tee und rauchten eine, redeten über andere Themen und legten die Baseballschläger und das Messer zurück in die Abstellkammer. Sie liefen noch ein paar Mal zur Tür, horchten auf die Stimmen im Treppenhaus, schauten hinaus, aber dort war es ruhig.

„Also, wo waren wir stehengeblieben?“, fragte Machmed und ging zurück zum Tisch.

„Dass der Donbass uns gehören wird.“

„Eigentlich gehört er uns ja schon. Aber die formale Machtübernahme, die fehlt noch.“

„Moment mal. Alles gut und schön. Aber wozu brauchen wir den Donbass überhaupt? Was machen wir dann damit?“

„Ist doch ganz klar. Wir rufen, sagen wir mal, unsere Republik aus, dann können wir schalten und walten, wie es uns beliebt, können noch mehr Landsleuten herholen, hier ist das Klima doch angenehmer als in der alten Heimat“, erklärte Machmed.

„Die werden uns einfach vernichten. Physisch vernichten. Glaubst du nicht?“

„Nein“, sagte der Boss lächelnd. „Ich schaue mir ja immer die Nachrichten an, und deswegen weiß ich, dass sie mit Terroristen – in ihren Augen sind wir ja Terroristen – verhandeln bis zum Abwinken, und sie schießen erst, wenn alles total danebengeht. In den Verhandlungen müssen wir was rausschlagen. Uns mehr Spielraum verschaffen, als wir bislang haben.“

„Na gut. Und wann? Wann schlagen wir los?“

„Ich hab das mal ausgerechnet. Wenn unsere Leute mitmachen, dann gehen wir folgendermaßen vor: Jetzt haben wir Mitte Juli, korrekt?“, begann Machmed.

„Korrekt.“

„Dann bereiten wir jetzt alles vor, und ab August wird gebaut. Auf den Grundstücken, die wir gekauft haben, legen wir geheime Waffenlager an.“

„Und wo kriegen wir die Waffen her? Das kriegen die doch spitz, wenn wir hier massenhaft Schusswaffen kaufen.“

„Zhorik hat da einen Kumpel, der würde dir seine eigene Mutter verkaufen, der stellt keine Fragen. Den hauen wir an.“

„Leute gibt’s ...“

„Und weil sie solche Idioten sind, haben sie hier nichts zu suchen. Wir schalten sie aus ... Jetzt hab ich den Faden verloren, Mann ... Ab Herbst holen wir uns dann neue Leute aus der alten Heimat. Mit den Bauarbeiten müssen wir uns nicht groß aufhalten, die sind ja nur zur Tarnung.“

„Logisch.“

„Mehr ist es nicht. Und die Macht übernehmen wir, wenn die Leute hier so abhängen, dass sie auf alles scheißen.“

„Wann wäre das?“

„Neujahr. Am 1. Januar gegen fünf Uhr morgens schwärmen wir in kleinen Einheiten zu den wichtigsten strategischen Punkten aus.“

„Eine echte Revolte!“ Raschid war vor Freude ganz aus dem Häuschen.

„Genau. Stück für Stück geht die Macht in der Stadt auf uns über. Hast du mal ausgerechnet, wie viele bewaffnete

Männer man braucht, um am 1. Januar morgens den Bahnhof zu besetzen? Ganze fünf! Wir entwaffnen die Polizei und die Wachleute, und schon gehört der Bahnhof uns. So machen wir es auch mit den Busbahnhöfen, der Stadtverwaltung und so weiter. Aber als erstes sind die Netze dran. Eine Stunde vor der großen Attacke besetzen wir die Büros der Mobilfunkanbieter und kappen das Festnetz. Am ersten Januar früh merkt keiner, dass die Stadt uns gehört. Und diejenigen, die es merken, können sich nicht wehren."

„Zuerst das Internet! Wenn du diesen Ukrainern das Internet abschaltest, sind sie hilflos wie Katzenbabys."

„Bist du sicher?"

„Absolut sicher. Kriegst du mit, was bei denen los ist? Die haben sich irgendwie total aufgegeben. Ein paar Kommentare und Likes in den sozialen Netzwerken, das ist alles. Richtigen Widerstand können die nicht leisten. Trenn sie vom Netz, und sie wissen gar nichts mehr mit sich anzufangen. Es lohnt sich für sie nicht mehr, sich zu wehren. Und das nutzen wir aus, mein Lieber."

„Gut, dann fangen wir mit dem Internet an. Was jetzt? Ich rufe heute noch ein paar von den wichtigen Leuten an, dann setzen wir uns in den nächsten Tagen mal zusammen und besprechen alles."

„Die Sache läuft, Alter!"

„Na dann: Prost!"

Die Umstürzler erhoben die Gläser mit dem kalt gewordenen Tee und stießen auf den Erfolg ihrer Idee an. Sie leerten ihre Gläser auf ex und knallten sie auf den Tisch.

Es war das erste Warnsignal, das in der juliheißen, erschöpften Stadt natürlich niemand hörte.

## Wohnung 14
## Gerhard Freis Jugendjahre

Wer Gerhard Frei war, weiß heute niemand mehr. Vor über sechzig Jahren war der Name hier in der Stadt in aller Munde.

Nach dem Zusammenbruch des Dritten Reiches kam Frei wie Tausende andere Deutsche als Kriegsgefangener hierher zu uns und musste auf dem Bau arbeiten. Er war kurz vor Berlin gefangengenommen worden. Erst als er von der Kapitulation erfuhr, streckte er die Waffen, und seit er in Gefangenschaft war, verhielt er sich still und fügsam.

Äußerlich wirkte er nicht älter als fünfunddreißig und sah gut aus, deswegen hatte die Frau, die die Gefangenen registrierte und ihnen die Arbeiten zuteilte, ein besonderes Auge auf ihn.

Gerhard Frei saß aufrecht vor ihr und wippte leicht mit dem Stuhl. Ein großer, schlanker Blondschopf. Er lächelte freundlich und schwieg. Nur seine grauen, müden Augen schauten kühl durch die Brille. Die Frau sah ihn an, kurz blieb ihr Blick an dem kindlich blonden Strubbelkopf hängen. Sie musste an Wassyl denken, ihren Mann, der 1941 eingezogen und bei der Befreiung von Kiew als Kanonenfutter geopfert worden war, und seufzte. Ende November hatte man ihr die Gefallenenmeldung überstellt und ihr – pünktlich zum Jahrestag der Oktoberrevolution – zur Einnahme Kiews gratuliert. Für sie war das kein Trost, sie begriff die Symbolkraft und die historische Bedeutung dieser militärischen Operation nicht, vielleicht weil Wassyl wirklich ein Teil von ihr gewesen war, der obere Teil, um genau zu sein. Wassyl hatte sie immer angehalten, Kopf und Herz gleichermaßen zu gebrauchen. Jetzt war Wassyl tot, ein MG-Schütze hatte ihn in den kalten Dnipro befördert, und seitdem fühlte sie sich wie amputiert, als wäre sie nur ein halber Mensch, als fehlte ihr die obere Hälfte. Sie konnte keine Lust mehr empfinden außer auf Essen und auf einen Mann.

„Sag mal, ..." – sie stockte, weil sie den deutschen Namen des Gefangenen nicht so schnell herausbrachte – „Gerhard, warst du vielleicht gerade in Kiew, als unsere Armee die Stadt befreit hat?"

Frei schaute sie noch konzentrierter an. Er konnte kein Ukrainisch, außer „Kiew" und seinem Namen hatte er nichts verstanden. Er schwieg und überlegte, was sie wohl von ihm wollte. Vorsichtshalber schüttelte er den Kopf.

‚War er also nicht', dachte sie und seufzte noch einmal. Dann vertiefte sie sich in seine Papiere.

Die nächsten Minuten vergingen unter dem gleichmäßigen Ticken der Wanduhr und dem Rascheln der Seiten. Plötzlich stutzte die Frau. Als sie den seltsamen Vermerk sah, runzelte sie die Stirn, rieb sie. Zog die Augenbrauen hoch. Blätterte ein paar Seiten zurück, las etwas nach, sprang zum Ende der Unterlagen, dann wieder zum Anfang, presste ihre Finger gegen die pulsierenden Schläfen und las alles noch einmal ganz aufmerksam durch.

Das Ergebnis missfiel ihr, sie schaute Frei verunsichert an. Der Gefangene saß immer noch aufrecht und wippte leicht mit dem Stuhl, um seinen Mund spielte ein feines Lächeln.

„Walera!" – die Frau nahm das Glöckchen, das neben ihr auf dem Tisch stand – „Walera, kannst du mal kurz kommen?"

Im Nebenraum polterten Schritte, einige Sekunden später wurde die Tür aufgerissen, und Walera, der Übersetzer, kam herein.

„Was gibt's, Genossin Mykytenko?", ratterte er nur halb korrekt, aber in aufrechter Haltung.

„Komm mal her und sieh dir das an“, rief sie und winkte ihn mit einer Hand heran, während sie mit der anderen auf den Stapel Dokumente wies, der vor ihr lag.

Walera beugte sich über den Tisch und starrte auf die Stelle, auf die die Frau getippt hatte. Dann durchforstete er, wie Mykytenko eben, den gesamten Ordner und schaute sie verwirrt an:

„Völlig verrückt. Sicher ein Irrtum oder ein Witz.“

„Jetzt frag ihn doch, Walera, na, mach schon!“

Walera richtete sich auf, und während er vor dem Stuhl, auf dem der Gefangene saß, auf und ab lief, bediente er sich der deutschen Sprache. Allerdings sprach er Frei nicht direkt an, sondern schleuderte die Wörter und Sätze einfach in den Raum:

„Wie heißen Sie?“

„Gerhard Frei.“

„Geburtsort?“

„Köln.“

„Geburtsjahr?“

„1611“, antwortete Frei gelassen und lächelte bissig.

„Bringen Sie da auch nichts durcheinander?“, hakte Walera nach.

„1611“, wiederholte der Gefangene laut und deutlich und räkelte sich, dass seine Gelenke knackten.

„Wissen Sie, welches Jahr wir jetzt haben?“

„Ja, natürlich“, sagte der Deutsche und lächelte weiter.

Walera drehte sich zu seiner Chefin um und sagte:

„Der Deutsche hier behauptet, fast 350 Jahre alt zu sein. Angeblich wurde er Anfang des 17. Jahrhunderts geboren.“ Um seine Worte zu bekräftigen, tippte Walera mit dem Finger auf das Datum, das Genossin Mykytenko stutzig gemacht hatte.

„Aber das kann doch nicht sein, das verstehst du doch.“

„Ja.“

Walera drehte sich noch einmal zu Frei um.

„Sie wollen also über 300 Jahre alt sein?“

„Ja.“

„Wurden Sie bei Ihrer Gefangennahme nach Ihrem Geburtsdatum gefragt?“

„Ja.“

„Und alle haben das so hingenommen?“

„Ja“, antwortete der Deutsche zum dritten Mal.

Walera fragte sich, wie es allen Verantwortlichen in der Armee entgangen sein konnte, dass der Gefangene über 300 Jahre alt sei, und konnte es nicht fassen.

„Na gut, vielleicht haben sie das einfach so hingeschrieben, ohne groß nachzudenken“, sagte er unwirsch. „Aber wir müssen der Sache nachgehen.“

„Tun Sie das!“ Frei lächelte überheblich.

„Still!“, mischte sich Genossin Mykytenko ein, die dem Gespräch nicht folgen konnte, aus dem Lächeln des Deutschen allerdings schloss, dass er überlegen war.

Walera machte eine beschwichtigende Handbewegung, die Frau setzte sich, Frei schwieg.

„Wie haben Sie die 300 Jahre denn geschafft?“

„Ganz einfach.“

„Ich kenne niemand anderen, der so alt ist.“

„Ich auch nicht.“

„Und wie haben Sie das bewerkstelligt? Und noch dazu in einer, wenn ich so sagen darf, mehr als ansprechenden Aufmachung?“ Er spielte auf Freis jugendliches Aussehen an.

„Sie glauben mir ja sowieso nicht.“

„Erklären Sie es mir, ich gebe mir Mühe.“ Mit einem süßlichen Geheimdienstler-Lächeln ging er auf den Gefangenen zu.

Gerhard Frei schaute ihn an und erzählte seine Geschichte:

„Wenn du Deutscher wärst und in Köln leben würdest, könntest du mit dem Namen Frei was anfangen. Wir sind eine Dynastie von Zauberern. Mein Großvater konnte Kunststücke, gegen die eine Lebensverlängerung von dreihundert Jahren ein Klacks ist. Er kam auf den Scheiterhaufen, weil er verdächtigt wurde, mit dem Teufel im Bund zu stehen, was, mit Verlaub gesagt, auch stimmte. Leider bin ich nicht so mächtig, mein Großvater hat es nicht geschafft, mir alles beizubringen, aber fremde Seelen zu holen und den Körper jugendlich zu halten, dafür reicht es gerade noch. Wenn du mir nicht glaubst, können wir uns gern in hundert Jahren noch mal verabreden und das Thema wieder aufgreifen."

„Na, ganz sicher. Soll das heißen, du bist unsterblich?"

„Na klar, du Trottel. Ich lebe das 336. Jahr, da liegt das doch auf der Hand, oder?"

„Nun gut. Dann treffen wir uns in 100 Jahren wieder."

Er wandte sich von Frei ab, setzte sich neben seine Chefin, blätterte in den Unterlagen und fragte sie:

„Ist der eigentlich mal beim Psychiater gewesen?"

„Ja, hier ist die Bescheinigung." Sie zeigte ihm ein Dokument.

„Perfekt. Hier steht, er ist gesund."

„Wieso?"

„Er hat mir gerade erzählt, er sei ein Zauberer und damit unsterblich. Wenn Sie mich fragen – der will sich einfach vor der schweren Arbeit drücken. Also ..."

„Also", griff Genossin Mykytenko seinen Gedanken auf, „geben wir ihm die schwerste Arbeit. Oder?"

„Genau. Wir schicken ihn zum Haus Nummer 166. Dort sind sie gerade beim Fundament und brauchen Leute für ganz verschiedene Arbeiten: Ziegel formen und schleppen, Zement mischen, Erde ausheben, tragen und so weiter. Da hat er einen Platz zum Zaubern."

Zügig stellte die Frau den Zuweisungsschein aus, setzte einen Stempel drunter, rief zwei Wachleute, und schon fünf Minuten später wurde der gehässig lächelnde Frei zu dem Platz eskortiert, wo sieben Jahre Zwangsarbeit auf ihn warteten.

Der Buschfunk trug die Geschichte durch die ganze Stadt, und eine Zeit lang war der Fall in aller Munde, irgendwann ließ das Interesse nach, und die Sache geriet in Vergessenheit. Niemand sprach mehr über den Deutschen.

Und wenn es Walera und der Genossin Mykytenko nicht egal gewesen wäre, was aus Frei geworden war, hätten sie, als sie über drei Ecken davon hörten, dass jemand auf einer Baustelle einen Aufruhr angezettelt hatte, um das Dritte Reich hochleben zu lassen, darauf kommen können, dass es nur Frei gewesen sein konnte.

An einem Herbstmorgen gab Frei das Zeichen, zu den Waffen zu greifen, aber im Nu hatten ihn die Schüsse mehrerer Wachleute niedergestreckt. Gerhard Frei sackte zusammen, fiel in die Grube, die für das Fundament ausgehoben worden war, eine schlecht fixierte Platte kippte um und zerquetschte ihn. Die anderen Gefangenen hatten es noch nicht einmal geschafft sich zu erheben, um die Wachleute zu überwältigen, da war ihr Anführer schon tot. Die Geschichte wurde allerdings vertuscht. Frei, von der Platte zerquetscht, wurde eine halbe Stunde später mit Erde zugeschüttet, und damit verschwanden auch alle Erinnerungen an ihn im Fundament des Hauses Nummer 166.

Heute weiß niemand mehr, wer Gerhard Frei war.

***

Nur Slawisten bringen es fertig, ihre Kinder Kyrill und Method zu nennen. Die Leute aus den hiesigen Arbeiterstädten reagieren auf die Bezeichnung *Slawist* ähnlich ablehnend und verständnislos wie auf einen, sagen wir mal, exotischen Ausdruck wie „Sadomaso-Pädophilie". Keiner weiß, was das Wort genau bedeutet, aber ein einfacher Arbeiter weiß instinktiv, dass Menschen mit dieser Berufsbezeichnung sich nur aufspielen und andere geflissentlich übersehen, weswegen man mit ihnen keinen Umgang pflegt, sondern sie einfach diskriminiert. Sie diskriminieren die anderen ja auch ungesagt, indem sie sich als *Slawisten* bezeichnen.

Natürlich hätten Jaropolk und Fedora Sadoroschnyj, Professoren an der hiesigen Universität, ihren Kindern Namen geben können, die sie in der grausamen Welt der Kinder nicht benachteiligt hätten. Am Anfang hielten sie sich auch noch ganz wacker. Als ihr Sohn geboren wurde, nannten sie ihn Kyrill und wünschten sich danach ein Mädchen. Leider wurde daraus nichts. Nach Kyrill kam ein weiterer Junge, sie bissen die Zähne zusammen und nannten ihn Method. Nachdem der Junge zehn Jahre im Arbeiterviertel hinter sich hatte, wusste er, was es hieß, einen solchen Namen zu tragen, insgeheim nannte er seine Eltern Außerirdische. Method sehnte seinen 16. Geburtstag herbei, denn dann, das wusste er, konnte er einen anderen Namen annehmen, der besser zu den lokalen Gegebenheiten passte.

Jaropolk und Fedora Sadoroschnyj waren wirklich Außerirdische. Ihnen fehlte jeder Bezug zum irdischen Dasein, ihre Welt bestand aus Grammatikübersichten und in der postsowjetischen Ukraine höchst überflüssigen Konferenzen, auf denen sie andere Außerirdische trafen. Die Kinder wurden praktisch ohne Aufsicht groß. Und auch ohne besondere elterliche Fürsorge.

Das Resultat dieser Geht-uns-am-Arsch-vorbei-Einstellung der Eltern gegenüber ihren Kindern war ein schrecklicher Unfall, den Anna, ihr erstes Kind, erlitt. Was genau passiert war, wusste niemand.

Es war Mitte der achtziger Jahre. Wenige Jahre zuvor hatten die Sadoroschnyjs ihre Bruchbude in Nachaliwka gegen eine geräumige Wohnung am anderen Ende der Stadt getauscht. Das Viertel, in dem allerdings fast ausschließlich Zugezogene aus der Westukraine angesiedelt worden waren, was für Slawisten ja eher ein Plus war, galt als besonders schön. Ihre Tochter, die kleine Anna, war schon sechs und sollte bald in die Schule kommen. Wie es sich für ein Kind von Wissenschaftlern gehört, verfügte sie über erstaunliches Wissen, war aber selbst für ein Vorschulkind unglaublich naiv.

Jaropolk Sadoroschnyj hatte seine Tochter in der Kunstschule an der Ecke angemeldet, Fedora fragte bei all ihren Bekannten nach, ob jemand günstig ein Klavier abzugeben hatte, damit sie Anna Stunden geben konnte, und die Eltern malten sich schon aus, wie sie Anna ab dem Winter, wenn sie die Eingewöhnungsphase in der Schule hinter sich hatte, Englisch- und Polnischunterricht erteilen würden.

Aber diese farbenfrohen und hehren Pläne wurden auf eine furchtbare Weise durchkreuzt. An einem warmen Julimorgen fuhren die Sadoroschnyjs in die Stadt auf den Markt und ließen Anna allein zu Hause. Als sie nach gut drei Stunden zurückkamen, bot sich ihnen folgendes Bild: Anna, ihre kleine schlaue Anna, lag im Wohnzimmer, leblos und blutüberströmt. Ihr schmaler Körper war förmlich in den Holzfußboden hineingepresst, als wäre eine Dampfwalze über das Kind hinweggerollt, Schultern und Gesicht wie von Krallen zerkratzt, das herrliche Kleid, das sie erst eine Woche vorher über Beziehungen aus Tschechien bekommen hatten, war zerfetzt. Anna lag in einer Blutlache, tot und ausgetrocknet wie ein Stockfisch.

Jaropolk Sadoroschnyj fiel in Ohnmacht, als er das Zimmer betrat, seine Frau ebenfalls, als sie ihn mit ein paar Klapsen wecken wollte. Sie drehte sich zu ihrer Tochter und sah, dass das Mädchen sich mit der letzten verzweifelten Bewegung an ihre Lieblingspuppe geklammert hatte, die ihr Fedora zum letzten Geburtstag genäht hatte. Fedora schnappte nach Luft und fiel neben Mann und Kind zu Boden.

Als die beiden wieder zu sich kamen, hatten sie sich gefasst. Sie riefen die Polizei und den Notarzt. Die kamen, schüttelten die Köpfe, ließen die Schultern hängen und waren außerstande, irgendetwas zu erklären oder zumindest nachzuvollziehen, was passiert war. Die Befragung der Nachbarn ergab nichts: Niemand hatte die kleine Anna schreien gehört, einige Nachbarn hatten die Sadoroschnyjs weggehen und wiederkommen sehen. Doch während ihrer Abwesenheit waren keine Fremden im Haus gewesen. Die Ermittler konnten nichts ausrichten. Sie leiteten ein Ermittlungsverfahren ein und sprachen den Eltern ihre Anteilnahme aus, mehr konnten sie nicht tun. Als die Sadoroschnyjs den kleinen Sarg zum Friedhof gebracht und ihre Tochter beerdigt hatten, packten sie die Koffer und fuhren auf eine linguistische Konferenz nach Leningrad, als wäre nichts gewesen. Weder untereinander noch gegenüber anderen verloren sie über Anna je wieder ein Wort. Zu keiner Zeit. Sie gaben lediglich noch einen Grabstein in Auftrag und sorgten dafür, dass die Inschrift fehlerfrei war. Mehr nicht. Schnell war das Grab von Gras überwuchert, und jetzt, dreißig Jahre später, würden es die Sadoroschnyjs nicht einmal mehr wiederfinden.

Sie dachten nie wieder an ein Kind, aber Fedora wurde mit gut 40 noch einmal schwanger und danach noch ein weiteres Mal. Und plötzlich waren die Sadoroschnyjs, international renommierte Wissenschaftler, im reiferen Alter wieder junge Eltern.

***

Für Kyrill mit seinem Namen war es kein Problem rauszugehen und mit anderen Kindern zu spielen – also tat er es auch. Method hingegen hatte die Nase voll von dem ewigen Frotzeln der ganzen Rasselbande und war lieber allein. Er mochte das. Vor allem im Sommer.

Die Außerirdischen waren wochenweise auf Foren, Konferenzen und Kolloquien unterwegs, Kyrill machte sich buchstäblich früh um sechs aus dem Staub, ging angeln, wandern oder Fußball spielen. Method blieb allein zu Hause. Er las, sah fern und strich durch die Wohnung, in der Gluthitze ging er nicht nach draußen, wenn er nicht musste. Er konnte über seine Zeit frei verfügen, und das gefiel ihm richtig gut.

Diesen Sommer hatte er besonders herbeigesehnt. Irgendwann im April hatte er einem alten Säufer auf dem Markt am Bahnhof ein seltsames Buch abgekauft. Es ging um Yoga, Meditation und die Erkundung des eigenen Ichs und der Umwelt. Obwohl Method Sadoroschnyj gerade erst zehn geworden war, schaffte er das ganze Buch zu lesen, auch wenn er es nicht bis ins Letzte verstand. ‚Ich muss ein bisschen üben', beschloss Method und erging sich im Warten auf den Sommer.

Das Meditieren fiel ihm leicht. Den ganzen Juni über waren die Eltern irgendwo in der Slowakei oder in Slowenien, Kyrill ließ sich zu Hause so gut wie gar nicht blicken, also hatte Method genügend Zeit, um sich zu konzentrieren – und auch genügend Stille.

Es war nicht vollkommen still. Erst als Method alles abgeschaltet hatte und sich konzentrierte, nahm er fremde Geräusche wahr: Stöhnen und Seufzen, Klappern, Quietschen und Trappeln. Zuerst erschrak er und lauschte angespannt, aber er hatte sich schnell daran gewöhnt. Manchmal unterhielt er sich sogar mit der Stimme, die offenbar von unten aus dem Boden oder aus der Wand kam. Anders als seine Eltern und sein Bruder interessierte sie sich für das, was Method dachte. Allem Anschein nach hatte er einen Freund gefunden.

Method stand auf, wusch sich, machte sich einen Tee, trank zwei ganze Tassen und aß Gebäck dazu. Er schaute auf den morgendlichen Hof hinunter. Es war kurz nach sieben, sein Bruder war schon weg, er hatte fast die ganze Salami und einen Beutel Äpfel mitgenommen. Method überlegte, was er sich zu Mittag kochen sollte, und beschloss, ein bisschen zu meditieren.

Er ging ins größere der beiden Zimmer, setzte sich vor den riesigen, mannshohen Spiegel, schlug die Beine unter und schloss die Augen. Er stellte sich das warme Meer vor und sah sich, Method Sadoroschnyj, am Strand sitzen. Leichtigkeit strömte in seinen Körper. In die Lungen, die Gliedmaßen, den Kopf. Dem Jungen wurde warm, er spürte den Sand zwischen den Fingern, körnig und angenehm. Er fühlte sich ganz leicht, und es grenzte für ihn an ein Wunder, dass er sich noch am Boden hielt. In seinem Kopf kam ein gleichmäßiges, angenehmes Brummen auf, unterschwellige Fluggeräusche. Method sah sich als Schmetterling im Sand, er tippte auf den Boden, als wollte er sich abstoßen – und spürte im selben Moment, wie sein Körper abhob.

Method freute sich und hatte zugleich Angst. Die Angst kappte ihm die Flügel, saugte ihm die Leichtigkeit aus dem Körper, und der Junge fühlte wieder den harten Boden unter sich.

Er öffnete die Augen. Im Zimmer war es dunkler geworden, als zöge ein Gewitter herauf. Method schaffte es nicht mehr, sich darüber zu wundern, dass es schon dunkel wurde und die Sonne unterging, als er plötzlich auf dem Couchtisch vor dem Spiegel etwas liegen sah. Auf den Illustrierten, neben der leeren Teetasse wackelte ein Kopf hin und her. Mit kurzen blonden Haaren, tiefen Augenringen und einer zerbrochenen Brille auf der Nase. Method erstarrte und wich zurück, bis er mit dem Rücken gegen eine Wand stieß. Die Wand war hart, kalt und seltsam spitz, als hätte sie Stacheln. Vor Schreck kniff Method die Augen zu, aber das Grauen verschwand nicht – der Kopf lachte schauerlich und sog die Luft mit einem merkwürdigen Geräusch ein, das wie die schrillen Schreie einer Krähe oder das Kratzen eines Messers an einem Eisentor klang. Auf das teuflische Gelächter hin öffnete Method die Augen wieder und sah, dass der Kopf verschwunden war. Dafür stand hinter dem Tisch, mitten in der Wand eine lange, dürre Männergestalt in Häftlingskleidung. Sie lachte unbändig und streckte ihre Arme nach Method aus – eine Sekunde später schon spürte der Junge, wie ihn kalte, scharfe Krallen berührten. Sie rissen ihm die Haut auf und gruben sich tief ins Fleisch. Methods Puls schnellte in die Höhe, er fasste sich und wollte fliehen. Er gab keinen Ton von sich, seine Kehle war wie zugeschnürt und brachte nichts hervor als ein paar magere Krächzer.

Method riss sich von der Wand los, machte ein paar unbeholfene Schritte in Richtung Tür, noch mal so viel Schritte waren es bis in den Flur ... Aber die Gestalt an der Wand war plötzlich keine Silhouette mehr, sondern wuchs nach allen Seiten, schoss nach oben und stürzte sich wie ein Habicht auf den Jungen. Method fiel zu Boden, zuckte noch ein paar Mal und ergab sich dann der erdrückenden Kraft dieses Wesens.

Er spürte, wie etwas Dunkles, Altes und Böses in ihn eindrang und in seinen Körper floss wie Milch in einen Krug. Schmerz durchfuhr ihn, er bäumte sich auf und fiel in sich zusammen, er hatte keine Kraft mehr, sich weiter zu wehren. Ein schwarzer Schatten rann unter ihm hervor und sickerte durch den Boden in Richtung Keller. Es kam ihm so vor, als würde er ausgeweidet und zerlegt, der Körper fortgerissen, nach unten gezogen, der Seele nach, die ein kleines Loch im Boden hinterlassen hatte.

Das letzte, was Method Sadoroschnyj in seinem Leben spürte, war das Gefühl, wie sich Dielen in seinen Körper bohrten. Dann kam die schwarze Ohnmacht. Dann kam das Nichts.

Gerhard Frei lächelt bissig und zufrieden und wartet darauf, dass das nächste Kind in der Wohnung 14 ins rechte Alter kommt.

# Erster Stock

**Wohnung 15, 16, 17**

## Wohnung 15
## Stille als Gendefekt

Die Porzellantänzerin – eine von denen, wie sie in den 1950er Jahren in jedem Kaufhaus standen und als Ausdruck eines kultivierten Lebens die typischen sowjetischen Wohnungen zierten – fing plötzlich an zu vibrieren, wagte zum ersten Mal in ihrem Porzellanfigurenleben einen selbständigen *en tournant*, tanzte am Rand der Anrichte und stürzte ab. Sie fiel auf die lange nicht gestrichenen Dielen, zersprang in mehrere Teile und lag still. Nur der Kopf kullerte noch einen halben Meter weiter, rollte zu guter Letzt unter den Sessel, in dem Klawa saß, und das Poltern verklang.

Klawa, die vor sich hingedöst hatte, riss die Augen auf. Im süßen Halbschlaf spürte sie einen Stoß, vernahm ein sehr leises Klappern, schreckte aus ihrem Schlummer hoch und sah die Tänzerin fliegen. Fedir hatte ihr die Figur bei ihrem ersten Rendezvous geschenkt. Es war so ziemlich der einzige Gegenstand in der Wohnung, der all die Jahre seit den Sechzigern heil überstanden hatte und Klawa an ihre Jugend erinnerte. Die Ballerina segelte runter, schlug auf und zersprang. Ihr Kopf rollte weg. Klawa bekam einen Schreck, dann war sie erleichtert.

‚Schluss und aus', ging es der Alten im Halbschlaf durch den Kopf. Fedir war lange tot, 15 Jahre schon. Schwer und qualvoll war er gestorben, im Säuferwahn, mit einer vom Zigarettenqualm zerfressenen Stimme. Als er das letzte Mal mit ihr geredet hatte, während er sich auf den schmutzigen Laken hin und her warf, konnte er schon nicht mehr richtig sprechen, er zischte wie ein zerstochener Ball, nur tiefer und grässlicher. Sie hielt seine teigige, kraftlose Hand und verabschiedete sich, „bis bald", wie sie versprach. Man schrieb das Ende der Neunziger, und

Klawa war sich sicher, dass das „bald“ schneller kommen würde als gedacht. Die Bilder im Fernsehen deuteten das nicht nur an, sondern sagten es ohne Umschweife. Und die wirklichen Bilder – draußen vor dem Fenster – bestätigten, was das Fernsehen gezeigt hatte. Klawa lächelte still und legte Geld für ihre Beerdigung zurück.

Die Jahre vergingen, aus der alten Frau war eine Greisin geworden, ihre Tochter war auch merklich gealtert, die Enkelin erwachsen und selbst schon Mutter, und Klawa lebte noch immer, obwohl sie nicht mehr wollte. Doch wer kann sich schon den Tag und die Stunde aussuchen, sie musste durchhalten.

Die Hausbewohner, die Mitte der fünfziger Jahre als großer und bunter Haufen alle gleichzeitig eingezogen waren, wirkten von Jahr zu Jahr hilfloser, ja erbärmlicher. Die Männer alterten gemächlich. Zunächst trugen sie einen schicken Silberschopf zur Schau, gingen mit ihren Enkelinnen und Enkeln vor dem Haus oder in der langen Kastanienallee spazieren und erfreuten sich an ihrem Alter wie an einem Passierschein für eine Welt, die sie per Gesetz vor schädlichen Chemiedämpfen in der Fabrik schützte, einem Passierschein, der ihnen Zutritt zu den allmorgendlichen Billardrunden in den alten Bombenkellern und den allabendlichen Dominopartien in den kleinen selbstgezimmerten und -geschweißten Lauben verschaffte. Da saßen sie dann verlebt im Schein der Lampe, in deren Lichtkegel Nachtfalter kreisten, schoben die Dominosteine klackernd über den Holztisch und feierten mit jedem neuen Zug den nächsten Schritt in Richtung Abgrund. Sie warfen die Steine ausdauernd und leidenschaftlich und lockten so das Unweigerliche schnell und heiter an. Für uns Kinder, die wir versuchten, im magischen Licht der alten Stehlampen einzuschlafen, hörte es sich so an, als würde draußen geschossen. In gewisser Weise stimmte das auch: Ihre Schach-, Domino-, Billard- und sonstigen Spielrunden hatten immer etwas von einem Duell. Die Unterlegenen liefen danach tatsächlich eine Zeit lang herum wie erschossen, beseelt von dem innigen Wunsch nach Revanche.

Dann passierte mit den Männern etwas Schreckliches: Wenn sie eine bestimmte Grenze überschritten, ein gewisses Alter erreicht hatten, bauten sie plötzlich furchtbar ab. Sie bekamen Herzinfarkte und schwere Depressionen, den vormals stattlichen und robusten Mannsbildern fielen die Zähne und die Haare aus, ihre spröde Haut wurde gelb, ihre Augen verloren die Farbe. Sie legten sich mit ihren Krankheiten ins Bett wie mit einer letzten Geliebten und standen nie wieder auf, sie starben ausgezehrt, aber doch glücklich.

Die Frauen wiederum alterten rasend schnell. Aber beim Sterben konnten sie das Tempo nicht halten. Sie verloren ihre Schönheit, wurden fett, schwer und depressiv. Wir Kinder nahmen sie eigentlich kaum wahr, ihre Namen konnten wir uns nicht merken. Wir sahen sie hin und wieder, wenn sie mit schweren Taschen vom Markt oder aus dem Lebensmittelladen kamen oder wenn sie keifend in die johlenden Runden in den hell erleuchteten Lauben einfielen, um ihre Männer zu holen, die der Alkohol oder die Erfahrung, dass das Leben sie in diesen warmen Julinächten ganz in sich aufnahm, trunken gemacht hatte. Manche nahmen ihre Männer huckepack, schwer atmend und ohne einen Ton zu sagen. Überhaupt beklagten sich die Frauen nie. Mit einer erstaunlichen Ausdauer pflegten sie ihre Männer, obwohl der Tod sie schon umringte, obwohl sie wussten, dass sie, alt, hässlich und erschöpft, wie sie waren, in dieser Dreierbeziehung nur verlieren konnten. Wenn sie dann die letzte Handbewegung ihres Geliebten, das letzte Schnappen nach Luft erlebt hatten, ergaben sie sich dem Kummer und bauten ab. Sie geleiteten die Toten zum Friedhof und kamen dennoch lebend von dort zurück. Sie traten an den Abgrund, an den äußersten Rand, und warteten darauf, dass endlich auch sie ein Windstoß erfasste.

Und da erst begriffen sie, was ihnen bevorstand. Nichts als lange, belastende Tage in der Einsamkeit ihrer vier Wände, aufgelockert höchstens durch die Besuche der Kinder und Enkel; Tage, deren Abwechslung darin bestand, ab und zu vor die Tür zu gehen und bei ihren Leidensgenossinnen von nebenan auf einen Tee vorbeizuschauen, so gut es das Herz und die Beine noch zuließen; lange, belastende Tage, garniert mit der täglichen Portion Fernsehen. Das Fernsehen hatte von Jahr zu Jahr mehr Programme, was es nicht bot, war Optimismus oder wenigstens Ruhe.

So lebten sie. Tagaus, tagein warfen sie kurze, immer sehnsüchtigere Blicke in Richtung Friedhof. Von dort kam jedoch nichts als die täglichen, bereits lästig gewordenen Sonnenstrahlen und kalten Ostwinde.

Klawa hatte nun nicht einmal mehr das. Weder Gespräche noch Fernsehen brachten ihr Abwechslung – nach Fedirs Tod war sie fast vollständig ertaubt.

Klawa hatte gewusst, dass es so kommen würde. Sie konnte sich noch sehr gut an ihre taube Großmutter erinnern, die bei der Gute-Nacht-Geschichte so laut schrie, dass der Schlaf davonflog und wie ein Vogel gegen die Scheibe prallte, dass es klirrte. Klawa ließ das über sich ergehen, denn sie wusste, dass die Großmutter es gut meinte, auch wenn es ihr Angst machte, die Liebe der Nächsten macht erst mal Angst, später dann spendet sie auch Wärme und Trost. Klawa wusste, dass ihre Mutter ebenfalls schwer hörte, obwohl sie es verschwieg, dass auch sie eines Tages ertauben und damit die nächste schwere, schrille Frauenstimme hier Einzug halten würde. Ihre Mutter wurde nicht alt, sie starb, ehe sie die 45 erreicht hatte, die Schwerhörigkeit muss da schon weit fortgeschritten gewesen sein, denn sie wurde in einer beschaulichen Straße in der Nähe ihres Hauses von einem Auto überfahren. Der Fahrer behauptete, er habe wie verrückt gehupt, sie habe aber nicht reagiert.

Voller Angst wartete Klawa darauf, wann sich bei ihr die ersten Anzeichen von Schwerhörigkeit einstellen würden, mit Anfang dreißig fing es an. Als sie merkte, dass sie manches, was man ihr sagte, nicht mehr verstand, seufzte sie und fand sich damit ab. Wirkliche Angst hatte sie vor der Schwerhörigkeit bei ihrer Tochter, und als sie eintrat, wusste sie, dass es ihrer Tochter und ihrer Enkelin ähnlich ergehen würde und ihnen ein schweres, geräuschloses Alter bevorstand.

***

Versuch mal, dich mit deiner Familie zu verständigen, wenn du nichts hörst! Keiner kann dir irgendwelche Informationen übermitteln, weil du sie nicht verstehst. Du kannst den anderen eigentlich nichts von Belang mitteilen, denn je länger du in völliger Stille sitzt, umso weiter entfernst du dich von der Wirklichkeit, und jedes Wort von dir klingt so, als spräche jemand aus dem vorletzten Jahrhundert, vielleicht sogar ein Außerirdischer. Du driftest ab, bist vergessen, versinkst in deinem Sessel, setzt Schimmel und eine hässliche Alterspatina an. Und irgendwann ist es soweit, dass du dich mit niemandem mehr verständigen kannst, weil das keiner für nötig hält. Auf einmal bist du ein altes Möbelstück, das nur noch rumsteht, bis es irgendwann auf den Müll kommt.

Klawa beugte sich ein Stück vor, um zu sehen, wohin der Kopf der Porzellantänzerin denn nun gerollt war. Sie sah nichts. Sie tastete mit den Beinen, die in groben alten Strümpfen steckten – wieder nichts. ‚So ein Mist', dachte sie. Und mit dem Gedanken an den Mist, der es verhinderte, dass sie ein Stück ihrer Jugend zu fassen bekam, erstarrte sie in ihrem Sessel, dämmerte weg und schlief den schweren Schlaf einer Neunzigjährigen.

Sie hörte nicht, wie sich im Korridor der Schlüssel im Schloss drehte, spürte nicht, wie ein kurzer Luftzug aus dem Treppenhaus in die stickige Wohnung wehte, merkte nicht, dass ihre Enkelin Natka mit ihrem Sohn, einem munteren und ungezogenen Vorschulkind, vom Spaziergang zurückkam. Andrij, Natkas Bengel, flitzte durch die Wohnung, versetzte der alten Frau immer wieder leichte Schläge gegen die Schulter und ging dann essen. Doch die Rüffel ihres Urenkels weckten sie nicht. Das faltige Gesicht furchte sich lediglich unter dem Schmerz wie ein Teich voller Entengrütze unter einer Woge.

Erst später, als Andrij neben seiner Urgroßmutter auf dem Sofa saß und den laufenden Fernseher immer lauter stellte, um herauszufinden, ob es die Lautsprecher schafften, die Alte zu wecken, öffnete Klawa die Augen. Sie reagierte weniger auf den Ton, denn auch jetzt, wo sie munter war, kam von den Geräuschen so gut wie nichts bei ihr an, als vielmehr auf die Bewegungen auf dem Bildschirm und auf das Licht. Der Junge hatte einen, wie Klawa fand, dämlichen Trickfilm eingeschaltet, für den man den Drehbuchschreiber in Klawas jungen Jahren entweder ins Lager oder in die Irrenanstalt gesteckt hätte. Aber dem Jungen gefiel der Film, er saß zufrieden auf dem Sofa und lachte über Sachen, die Klawa absolut nicht verstand.

„Mach den Film aus, ich kann nicht schlafen", greinte Klawa.

Ihre Stimme übertönte den Krach aus dem Fernseher nur wenig, aber der Junge saß neben ihr und hatte sie gehört. Mit einem bösen Lächeln stand er von der Couch auf, hielt seinen Kopf neben Klawas Ohr und schrie:

„Warum lügst du mich an! Wie kann er dich stören? Du hörst doch einen Scheißdreck! Mama sagt, man soll nicht lügen. Bring deinem Urenkel nicht noch das Lügen bei. Bleib schön still sitzen!"

Sein Geschrei kam bei Klawa als lautes Flüstern an, sie war verletzt.

„Du Rotzbengel! Ich ziehe dich auf, ich bin großzügig, und das ist nun der Dank!"

Sie wollte den Jungen schnappen, ihn beim Ohr packen oder ihm einen Klaps auf die Hand geben, ihm zeigen, dass sie immer noch konnte, wenn sie wollte, dass es sich nicht gehörte, die Urgroßmutter zu schikanieren, und sei es nur, weil sie auch austeilen konnte. Vielleicht wollte sie es ihm auch einfach nur heimzahlen. Aber die ruppige Handbewegung, die sie eigentlich machen wollte, wurde nichts weiter als ein schlappes Wackeln. Andrij zuckte zusammen, aber als er sah, dass die Uroma nichts ausrichten konnte, lächelte er noch einmal gehässig, verpasste ihr mit seiner kleinen Faust einen Stoß in den Rücken und setzte sich wieder aufs Sofa.

„Du bleibst jetzt schön sitzen, du Erzieherin. Du sitzt ja sowieso immer nur rum, also bleib sitzen und mucks dich nicht", maßregelte der „dankbare" Bengel seine Urgroßmutter im Sessel und wandte sich wieder seinem Trickfilm zu.

Klawa weinte leise. Die Tränen liefen durch die Furchen im Gesicht wie durch ein ausgetrocknetes Flussbett.

Natka, eine kleine, schmale und einsame Frau um die 30, die auch schon schwer hörte, kam ins Zimmer. Sie ging zum Balkon, öffnete die Tür und lüftete. Vorsichtig beugte sie sich zu ihrer Großmutter hinunter, um herauszufinden, ob sie schlief oder nicht oder ob sie nicht – womöglich – endlich gestorben war? Nein, die Alte saß reglos da, atmete schwer und hatte feuchte Augen. Natka warf ihrem Sohn einen strengen Blick zu, aber der tat so, als hätte er damit nichts zu tun. Seufzend suchte sie in der Tasche ihres alten Hausmantels nach einem Notizblock und holte einen Stift hervor. Natka hatte es schon lange aufgegeben, gegen die Taubheit ihrer Großmutter anzuschreien, schon vor zehn Jahren war die Schmerzgrenze für sie erreicht gewesen, und um ihre Stimmbänder zu schonen, hatte sie seitdem immer einen Notizblock dabei, auf dem sie der alten Frau bei Bedarf in Großbuchstaben Nachrichten übermittelte. Das hatte ihre Kommunikation deutlich verbessert, die Alte verstand sich mit Natka besser als mit beinahe allen anderen Familienmitgliedern. Natka drückte der Großmutter den Notizblock gegen die Schulter und kritzelte schnell: „Warum flennst du?"

Das zeigte sie der alten Frau, die las es und fing wieder an zu heulen. Sie wedelte mit der Hand, als wollte sie böse Gedanken und ungezogene Kinder verscheuchen. Weder die Gedanken noch die Kinder verschwanden allerdings, sie behelligten sie weiter. Natka hielt Klawa den Zettel mit der Frage noch einmal unter die Nase, die Alte seufzte und schrie gegen den Fernseher an:

„Dein Andrij hat mich geschlagen!"

Natkas Augen wurden böse, sie schaute zu ihrem Sohn hinüber und griff wieder zum Notizblock.

„Was, schon wieder? Warum?", las Klawa eine halbe Minute später.

„Ich habe ihn gebeten, den Fernseher auszumachen, weil er mich stört, da hat er mich geschlagen", beklagte sich die alte Frau.

Natka lief entschlossenen Schrittes zum Sofa, zog ihren Sohn am Ohr hoch und zwirbelte es. Ohne ein Wort. Der Junge schrie verstört auf und starrte gebannt in das wütende Gesicht seiner Mutter.

„Wieso? Was hast du?“, rief er und versuchte sich loszureißen.

„Warum hast du die Oma geärgert, du verdammter Rotzbengel?“, rief Natka und riss weiter an seinem Ohr.

„Sie wollte mich hauen, da hab ich mich gewehrt!“, jaulte der Junge. „Alte Schlampe!“

Als Natka das hörte, verlor sie endgültig die Fassung, ließ das Ohr los und gab dem Jungen mit der Rechten eine klatschende Ohrfeige, so dass er vom Sofa auf den Boden fiel und unter den Sessel kroch, in dem die verheulte alte Frau saß. Er passte aber nur zur Hälfte drunter, Natka packte ihn an den Beinen, zog ihn hervor und verpasste ihm mit der Linken einen zweiten Schlag.

„Wehe, wenn du das noch mal zu Oma sagst!“, schrie sie Andrij an. „Wo hast du das überhaupt her?“

„Das hast du selbst gesagt. Gestern, als du mit Oxana in der Küche gesessen und getrunken hast, hast du das gesagt, ich hab's gehört.“

Natka spürte, wie sie die blinde Wut packte, sie stutzte und rief dann: „Ach, gelauscht hast du auch noch?“

Der Junge nutzte den Moment und verschwand unter dem Sessel. Jetzt ließ er sich nicht mehr hervorziehen. Wie ein Affe hielt er mit Armen und Beinen die hölzernen Sesselbeine umklammert. Natka schaffte es nicht. Andrij wusste, dass er sich einfach festklammern und warten musste, bis der Ärger seiner Mutter verflogen war. Klawa saß erschrocken im Sessel, stützte sich auf die Lehne und wartete, dass der Sturm sich legte.

Natka versuchte noch eine Weile, Andrij unter dem Sessel hervorzuziehen, aber irgendwann gab sie auf und stellte den Fernseher ab. Plötzlich war es ganz still. Sie legte den Hausmantel ab und zog ein buntes Minikleid über. Nahm eine Schachtel Zigaretten aus der Handtasche, griff sich das Feuerzeug und die Schlüssel vom Schränkchen im Flur und verließ die Wohnung, war jedoch beim Zusperren leicht nervös und traf das Schlüsselloch erst beim vierten Versuch.

Andrij blieb noch ein paar Minuten unter dem Sessel liegen, schniefte leise und krümmte sich beleidigt, dann kroch er heraus. Er rieb sich die Wangen, die vor Schmerz brannten. Er lief um den Sessel herum und baute sich vor Klawa auf. Die alte Frau hatte sich schon wieder beruhigt, sie atmete müde. In ihrem Alter ließen solche Szenen viele Nervenzellen absterben und verbrauchten viel Kraft. Der Junge schaute sie an, als wollte er etwas sagen, traute sich nur nicht. ‚Will er sich etwa entschuldigen?', überlegte Klawa, verwarf diesen Gedanken aber sofort wieder. Wie sie ihre Kinder, Enkel und Urenkel kannte, entschuldigte sich keiner gern. Wenn sie wirklich einmal nicht umhinkonnten, kam es so jämmerlich und unehrlich rüber, dass sie es besser sein gelassen hätten.

Der Junge schaute sie schweigend an. Weiter nichts. So vergingen einige Minuten. Klawa ermüdete das. Sie ertrug seinen Blick nicht länger.

„Tu der Oma einen Gefallen, Andrjuscha. Da irgendwo unterm Sessel liegt der Kopf von der Porzellantänzerin. Sie ist heute runtergefallen. Kannst du ihn mir vielleicht aufheben?"

Andrij verzog das Gesicht, überlegte und kroch dann noch einmal unter den Sessel, unter dem er sich gerade erst hervorgeschoben hatte. Der Kopf war da, er lag neben einem Bein. Der Junge streckte die Hand aus, vorsichtig und neugierig wie einen Käfer nahm er das kalte, tote Stück Porzellan in die Hand. Er drehte es zwischen den Fingern hin und her und betrachtete es. Als er nichts Interessantes für sich entdecken konnte, trat er vor Klawa und reichte ihr den Porzellankopf.

Klawa schaute Andrij mit einem durch und durch erschöpften Blick an. Außer Hieben hatte ihr der Junge noch nie etwas gegeben. Vertrauensvoll streckte sie ihm ihre kalte raue Hand entgegen und spürte einen Augenblick später die Kälte des Porzellankopfs und die Wärme der kindlichen Finger. Ihr Herz hüpfte, sie wollte Andrijs Hand festhalten, aber der zog sie angewidert weg. Klawa hielt den Kopf der Tänzerin umklammert und versuchte ihn zu wärmen. Sie kniff die Augen zusammen, dachte an ihren Fedja und zitterte.

„Ich weiß, du denkst, ich bin ein altes Wrack, Andrjuscha", brüllte die alte Frau, ohne die Augen zu öffnen. „Es stimmt, du hast recht. Aber trotzdem gehört es sich nicht, mich wie ein Möbelstück zu behandeln, zu schlagen und zu schikanieren. Mag sein, dass ich bald sterbe, aber ich bin trotzdem ein Mensch. Du verstehst das natürlich nicht, du bist noch klein, dumm und grün, aber irgendwann begreifst du, dass es dich ohne mich nicht geben würde. Aber das werde ich nicht mehr erleben. Ehe du das begreifst, bin ich längst tot. Halb so schlimm, macht nichts, kein Problem. Aber eins, eine wichtige Sache will ich dir sagen. Wenn du mal groß bist, findest du eine Frau. Sie gefällt dir, du verliebst dich in sie, und irgendwann kannst du nicht mehr ohne sie leben. Ja, ja, so wird's kommen. Mach nicht denselben Fehler, den ich mit meinem Fedja gemacht habe. Wenn du sie oder eure Liebe überlebst, lass es niemals zu, dass jemand die Sachen, die euch verbunden haben, wegwirft oder verkauft. Heb sie auf, gib nichts drauf, wenn die anderen sagen – und das werden sie gewiss – du hättest da lauter sinnlosen Plunder angehäuft, glaub den Leuten nicht, die sagen, man müsse sich von der Vergangenheit trennen. Sie sollen sich zum Teufel scheren. Was uns mit einem geliebten Menschen verbindet, ist wirklich wertvoll, etwas Wertvolleres gibt es im Leben nicht, höchstens vielleicht die geliebten Menschen selbst. Und wer das nicht versteht, soll sich zum Teufel scheren. Sag ihnen, das hätte Oma Klawa gesagt, damit sie an mich denken."

Klawa redete weiter auf ihren Urenkel ein, heiser, mit überspannten Stimmbändern, die Augen geschlossen, in der matten Hand Fedjas erstes Geschenk. Sie brüllte so laut, als wollte sie vor diesem kleinen, unverständigen Bengel, der sie jeden Tag drangsalierte, die Beichte ablegen, ihm die hart gewordenen Brocken ihrer Erinnerung überreichen, die sie auf ihrem Balanceakt am Abgrund des Alters noch nicht verloren hatte. Sie redete und schrie, bis sie die Erschöpfung endgültig übermannte und sie mitten im Wort ein weiteres Mal an diesem Tag in ihrem Sessel einschlief.

Bloß gut, dass sie vom Anfang bis zum Ende ihrer Ansprache die Augen geschlossen gehalten hatte, denn noch ehe sie den ersten Satz beendet hatte, war Andrij nach nebenan geflohen, und das hätte sie sicher umgebracht.

Obwohl das nicht schlimm gewesen wäre. Dann wäre sie eben gestorben, und wenn schon. Den Tod sehnte sie inzwischen mehr herbei als seinerzeit das erste Kind.

## Wohnung 16
## Träume und andere schreckliche Dinge

Angst überfällt einen Menschen immer unerwartet. Angst kann lähmen, Angst kann motivieren, in Angst enthüllt sich in einem einzigen Moment unser Wesen und zieht uns schneller die Maske vom Gesicht als ein Psychoanalytiker in unzähligen Sitzungen. Wie du weiterlebst, hängt davon ab, ob du dein Spiegelbild erträgst, wenn deine vertraute Maske herabgerissen wurde. In den meisten Fällen schaut dich ein blutiges Gesicht an, dessen lebendiges, weiches, zitterndes Fleisch in Fetzen hängt. Schnell klebst du die Maske wieder an, damit sie wieder anwächst und du dich nicht schämen musst, unter Leute zu gehen. Die wenigsten werfen die Maske in den Müll und warten geduldig, bis die Wunde verheilt ist. Die wenigsten.

In den letzten Tagen wurde Bambi von einer Angst befallen, wie er sie nie zuvor erlebt hatte. Bei jedem Geräusch zuckte er zusammen, wurde nervös, wenn er im Treppenhaus Schritte vernahm, besonders wenn er hörte, dass mehrere Personen kamen. Sein Handy hatte er abgeschaltet, den Akku herausgenommen und unter einer Diele versteckt, das Festnetztelefon hatte er herausgerissen und in den Mülleimer geworfen. Den Müll hatte er allerdings nicht hinausgebracht. Er hatte die Wohnung in den letzten Tagen überhaupt kein einziges Mal verlassen. Die Wohnung, ach was, nicht mal sein Schlafzimmer verließ er öfter als unbedingt nötig, höchstens für einen Gang zur Toilette und zum Kühlschrank. Jeden Abend, bevor er schlafen ging, verrammelte er das Zimmer von innen, damit ihn nicht irgendwer aus heiterem Himmel überwältigen konnte. Er legte den Baseballschläger, den er vor ein paar Monaten besorgt hatte, neben sein Bett und den geladenen Elektroschocker aufs Fensterbrett. Er schaltete das

Licht aus und legte sich hin, schreckte jedoch bei jedem Knarzen hoch. Er träumte so schreckliche Dinge, dass er sich beim Aufwachen und Durchatmen jedes Mal wie in einem Kampf auf Leben und Tod fühlte. Immer wieder hatte er jähe Alpträume, sie quälten ihn und ließen ihn nicht los.

Bambi war nie ängstlich gewesen, nie hatte er etwas auf die Zahl und die körperliche Verfassung seiner Gegner gegeben. Auch Gesetze hatten ihn nicht sonderlich interessiert. Wenn er kämpfte, schlug er so lange auf den Gegner ein, bis der auch den letzten Widerstand aufgab oder bis Bambi seinerseits das Bewusstsein verlor. Dass man ihm nach einem Kampf jemandes Tod anlasten könnte, kümmerte ihn nicht weiter. In der Schule, in der Armee, im Fußballfanclub war er der Anführer, wurde respektiert, wenn auch nicht besonders gemocht.

Deswegen waren Bambis Beziehungen zu Frauen immer so etwas wie Wettkämpfe im Kickboxen. Nicht dass er Frauen schlug, aber er war schier unausstehlich und suchte sich immer die entsprechenden Frauen. Sobald im Schrank Frauenkleidung hing, im Badezimmer Kosmetiktuben und -fläschchen standen und am Schlüsselbrett neben der Eingangstür ein zweiter Schlüsselbund baumelte, wurde seine Wohnung zur Arena. Die Frauen standen eine gewisse, vom Schiedsrichter vorgegebene Zeit im Ring, manchmal lehnten sie erschöpft an der Wand, wie Boxer in den Seilen hingen. Jede neue Geliebte hatte ihre Sekundanten, ihn unterstützte niemand, weil keiner in die Schusslinie geraten wollte. Bambi ging aus den Wettkämpfen mit einem zerfledderten Herzen und einer ruinierten Leber hervor, blieb jedoch immer ungeschlagen.

Er war im Grunde mit allem zufrieden und hätte gern so weitergelebt, bis Karina, eine neue Frau, ihm plötzlich ins Gewissen redete: „Du gehst auf die dreißig zu, mein

Lieber, und schlägst dich hier immer noch mit Gelegenheitsjobs durch. So geht's nicht weiter, Bambi, es wird Zeit, ein normales Business aufzuziehen. Aber wie willst du Barbar ein normales Business hinkriegen, das dauert kein halbes Jahr, da hast du einen abgemurkst und sitzt im Knast", überlegte sie. Bambi lächelte süffisant und hob theatralisch seine von Kratzern und Narben übersäten Arme.

„Weißt du was" – Karina ließ nicht locker – „mein Papi, der hat so einen Bekannten beim Sicherheitsdienst, auf dem Geburtstagsfest meiner Mutter neulich, da hat er sich bei uns die Kante gegeben und erzählt, dass sie in den Spezialeinheiten, die auf den ganzen Demos für Ordnung sorgen, zu wenig Personal hätten. Geht ja drunter und drüber hierzulande, die Krise, na, du weißt schon. Irgendwann werden die Leute auf die Barrikaden gehen und die Oligarchen jagen und die Politiker hängen. Oder auch nicht. Wer weiß. Aber wenn's tatsächlich losgeht, ist jeder Mann Gold wert. Du hast's doch drauf, Bambi. Die nehmen dich sicher mit Kusshand."

Zwei Wochen später war Karina weg, aber den Kontakt zu Papis Bekanntem hatte sie noch hergestellt. Und so war Bambi zu Berkut gekommen. Die Spezialeinheit der ukrainischen Miliz bezahlte mehr als ordentlich – in den letzten Jahren waren die Berkut-Leute die einzigen, deren Gehalt angehoben wurde – und die Arbeit war leicht. Bambi hat nichts weiter zu tun als auf Befehl den Bus zu besteigen oder zu verlassen, die Menschenmenge von dem jeweiligen Bewachungsobjekt zu verdrängen oder (und das war das beste!) die ganzen Arschlöcher mit einem Schlagstock zu traktieren. Bambi war glücklich. Vor lauter Dankbarkeit rief er eines Tages sogar Karina an und machte ihr einen Antrag. Sie erinnerte sich an seine Macken, überlegte kurz und gab ihm einen Korb.

Bambi nahm das nicht weiter tragisch. Er machte einen Plan, rechnete, nahm einen hohen Kredit auf, richtete die Wohnung anständig her und kaufte sich ein kleines Auto.

Er war schon länger als ein Jahr dabei. Meist wurden sie nur aus taktischen Gründen mobilisiert, hin und wieder wurden sie nach Kiew gebracht, wo sie auf friedlichen Demos für Ordnung sorgen sollten. Friedlich waren die Demos immer seltener, denn hierzulande wurden die Demonstranten nicht ernst genommen, und so wurden diese zunehmend wütender und verzweifelter.

Ein paar Mal hatte Bambi erfreut den langersehnten Befehl „Haut drauf!" gehört. Während des vierten „Haut drauf!" (vor dem Ukrainischen Haus, das wusste er noch genau) fasste ihn jemand am Ärmel und zog ihn zu sich heran. Blindlings schlug er mit dem Stock nach rechts, und erst als er den Kopf drehte, sah er, dass es eine junge blonde Frau war. Ein Mundschutz verdeckte ihr Gesicht, ihre Augen blickten erschrocken, aus der Schläfe quoll Blut. Die junge Frau wankte, ließ aber nicht los. Bambi ruckte ein paar Mal, um sich loszureißen, doch die Frau hatte sich festgekrallt, hinter ihrem Rücken tauchte eine zweite Hand auf, eine Männerhand, die griff nach seiner Kehle. ‚Na, warte!', dachte Bambi und schlug der jungen Frau noch zweimal auf den Kopf. Da sackte sie zusammen und fiel auf die Treppe. Rasend vor Wut prügelte Bambi auf die Umstehenden ein, ohne die Getroffenen zu zählen oder die Wucht seiner Schläge zu mildern. Ein Schleier legte sich über seine Augen, Bambi sah nichts mehr, er teilte nach allen Seiten aus und spürte die dumpfen Schläge seines Stockes. Mit einem halben Auge sah er noch, wie jemand die junge Frau aufnahm und wegtrug.

An jenem Abend, als sie zur Erholung in den Stützpunkt gebracht worden waren, musste Bambi die ganze Zeit an die junge Frau denken. Zuerst schämte er sich, dass er eine Frau geschlagen hatte, nie, nicht einmal, wenn seine Freundinnen ihn zur Weißglut gebracht hatten, war ihm die Hand ausgerutscht. Nur Perverse schlugen Frauen. Das hatte ihm sein Vater beigebracht. Dann sah er das Blut in ihrem Gesicht, die grauen Augen, getrübt von Schmerz und Befremden, die tiefen Kratzer, die ihre Nägel durch den Uniformstoff hindurch auf seinem Handgelenk hinterlassen hatten. Bambi krempelte die Ärmel auf, streichelte die frischen roten Striemen und sehnte sich danach, mit dieser jungen Frau lange und glücklich zu leben, denn noch keine hatte sich je so an ihn geklammert, als läge in diesem Griff der Sinn des Lebens. Bambi schrak aus seinen Gedanken hoch, fühlte sich unwohl und strich durch die Kaserne. Er schloss sich auf dem Klo ein und holte sich einen runter. Da überkam ihn plötzlich Panik. Wie ein Schüler in der Grundschule trippelte er eine halbe Stunde vor dem Büro seines Vorgesetzten herum und traute sich nicht hinein. Irgendwann kam Iwanytsch heraus, stieß auf den konfusen Bambi und fragte verwundert:

„Was ist?"

„Also, heute Morgen auf der Demo, da hab ich eine junge Frau ziemlich erwischt."

„Und?" Iwanytsch begriff nicht, worauf er hinauswollte.

„Ich hab sie dreimal getroffen. Vielleicht ist sie tot oder gelähmt oder so."

„Dreimal? Tss. Könnte tot sein."

„Und was mache ich jetzt?"

„Nichts. Nur keine Panik." Iwanytsch legte Bambi vertraulich die Hand auf die Schulter. „Erstens hattest du einen Befehl, du hast deine Arbeit gemacht. Und zweitens haben Weiber auf Demos nichts zu suchen. Die sollen schön zu Hause bleiben und Suppe kochen. Selbst schuld, wenn sie eins drüber gekriegt hat. Bleib tapfer, morgen rücken wir wieder aus. Dass du mir ja auf dem Posten bist!"

„Morgen schon wieder?“ Es war das erste Mal, dass Bambi einer Schlägerei mit gemischten Gefühlen entgegensah.

„Genau“, sagte Iwanytsch und lächelte glücklich. „Wir haben frisches Tränengas. Damit werden wir morgen die verdammten Nationalisten kitzeln. Kopf hoch! Und vergiss deine Gasmaske nicht!“

Bambi salutierte Iwanytsch matt und ging auf sein Zimmer. Er legte sich hin, schlief ein und dachte im Traum die ganze Zeit an die junge Frau. ‚Morgen wieder dorthin ... Ob sie auch da ist?‘ Und gleich darauf: ‚Kann sie ja gar nicht, so wie ich sie zugerichtet habe.‘

Die blonde Frau kam weder am nächsten noch an irgendeinem anderen Tag. Bambi meldete sich für die vorderste Reihe und hielt nach ihr Ausschau, und als er sie nicht entdeckte, prügelte er auf Kommando wild drauf los. Es wurde ihm zur Gewohnheit, ja, zum Hobby, könnte man sagen, ein paar Mal schlug er sogar zu, bevor das Kommando kam. Dann fluchte Iwanytsch laut und gab den Befehl im Nachhinein. Die blonde Frau blieb so lange verschwunden, dass Bambi sie irgendwann vergaß.

So ging es weiter. Der Anruf aus der Leitstelle, die Anfahrt im Bus, eine Woche oder etwas länger die eigentliche, nette und erfüllende Arbeit, dann die Rückkehr und die täglichen Routineübungen. Zum Quartalsende die nächste Gehaltserhöhung. Bambi war zufrieden.

Die Zeit verging, Bambi folgte seinem Karma und hatte weder Angst noch Pläne. Bis ihn das Unglück traf, unerwartet, wie es immer geschieht.

Eine Woche zuvor hatte das Handy Bambi aus dem Schlaf geklingelt. Alarm, ein dringender Einsatz. Eine Stunde später schon mussten sie ausrücken.

„Wo fahren wir denn hin?“, fragte Bambi den verschlafenen Kollegen neben sich.

„Wradijiwka, keine Ahnung, nie gehört.“

„Und was ist da los?“

„Sehen wir dann“, gähnte sein Kumpel und schlief ein.

Auch Bambi fiel in Schlaf. Gegen Morgen hielten sie im Zentrum einer heruntergekommenen Kleinstadt, in der Nähe des Polizeireviers. Das Gebäude sah furchtbar aus – eingeschlagene Fenster, Brandspuren und Blut auf der Treppe. In den schwarzen Fensterhöhlen waren die eingeschüchterten Gesichter der Polizisten zu sehen, die sich sichtlich freuten, als sie die Verstärkung entdeckten. Auf der anderen Seite stand eine Gruppe aufgeputschter Einheimischer, überwiegend Männer. Einige waren rußverschmiert und hielten Eisenstangen in der Hand. Zufrieden nahm Bambi das Gelände in Augenschein und stellte fest, dass die Bewohner auf sie zukamen. Dass es zu Zusammenstößen kommen würde, war nur eine Frage der Zeit. Bambi dehnte sich, drehte sich auf der Stelle und lockerte seine Gliedmaßen, die auf der Fahrt steif geworden waren. Er schaute in den hohen Juli-Himmel und lächelte in Erwartung eines herrlichen Tages.

Aber dann kam alles ganz anders. Man ließ sie nicht vor den Protestierenden Aufstellung nehmen, gönnte ihnen nicht das süße Vorgefühl des „Gleich-geht-es-los“. Sie gammelten den ganzen Tag im Bus rum und durften weder auf die Toilette gehen noch sich die Beine vertreten. Keiner sagte ihnen, was hier, in diesem Wradijiwka, tatsächlich los war. Bambi blickte nur traurig auf die Menge, die den ganzen Tag das Polizeirevier belagerte und hin und wieder die Polizisten in ihrem Schlupfloch mit Steinen bewarf. Gegen Abend machte Bambi, obwohl sich die Lage weiter zuspitzte, sogar ein kleines Schläfchen.

Irgendwann erhielten sie den Befehl auszusteigen, vor dem Bus Aufstellung zu nehmen und den Eingang zum Polizeirevier abzuriegeln. Alles verlief nach Plan, Bambi spürte, wie ihn das Adrenalin auf Touren brachte. Seine Laune besserte sich. Es dämmerte schon, als Iwanytsch endlich das Startsignal gab. Die Einheit lief auf die Protestierenden zu und schlug mit den Stöcken gegen die Schilde, aber anders als sonst wichen die Demonstranten keinen Schritt zurück. Im Gegenteil, sie rückten enger zusammen und hakten sich unter. Bambi brummelte vor sich hin und überlegte, wen er sich zuerst vornehmen sollte.

Hinter den Männern in der ersten Reihe tauchte plötzlich eine schon ältere Frau auf, dürr und gekrümmt. Bambi musste an seine Mutter denken, seine gute Laune schwand. Die Frau sah seiner Mutter wirklich ähnlich: Sie hatte die gleiche Frisur und war ungefähr gleich groß, ihr Schritt war fest.

„Brot und Salz, Jungs, hier, nehmt", rief sie Bambi und seinen Kameraden zu.

Plötzlich hatte die alte Frau eine Bierflasche in der Hand, in deren Öffnung ein Lappen steckte. Sie drehte sich zu den Männern um, ein Feuerzeug schnappte, und ehe Iwanytsch sich versah und reagieren konnte, stand die Frau vor Bambi, zog sein Schild herab und schleuderte ihm die Flasche mit dem brennenden Lappen gegen den Helm.

Was dann passierte, konnte Bambi später nicht mehr mit Sicherheit sagen. Er wusste nur noch, dass er Angst hatte. Das Feuer brannte direkt vor seinem Gesicht, der Helm wurde heiß, die Uniform fing Feuer, in die Benzindämpfe mischte sich der Geruch nach verbranntem Fleisch. Bambi brach aus, stürzte zurück, riss die eigenen Leute zu Boden, an die er zum Teil die Flammen des Volkszorns weitergab. Er wollte die Ausrüstung loswerden, schaffte es aber nicht, denn in der Panik konnte er weder den Helm absetzen noch die Jacke ausziehen. Er wollte ins Polizeirevier, wo die inzwischen völlig gelähmten Polizisten saßen, kam aber nur bis zur ersten Tür, dann wurde er zurück auf die Straße gedrängt. Seine Kameraden standen mit aufgerissenen Mündern da, der Befehl von Iwanytsch war vergessen. Die Flammen hatten auch die Angreiferin erfasst, aber das alte sowjetische Hauskleid war im Nu gelöscht.

Die Demonstranten nutzten das Durcheinander in den Reihen der Berkut-Leute und gingen zum Angriff über. In der Menge tauchten Mistgabeln und Feldspaten auf, von hinten kamen Ziegel und Steine geflogen. Die Kämpfer verschanzten sich hinter ihren Schilden und wichen bis zum Eingang ins Polizeirevier zurück. Bambi schrie, er rannte nicht mehr, sondern wälzte sich auf dem Boden. Ein paar Einheimische wollten die Flammen ersticken und traktierten ihn mit Jacken und Stöcken. Einer kippte ihm Sand von einer nahen Baustelle über den Körper. Schließlich wurden die Berkut-Kämpfer ins Polizeirevier gedrängt. Die Demonstranten blockierten den Ausgang und forderten ein Treffen mit dem Innenminister. „Faschisten! Faschisten!", hallte es über den kleinen Platz, es stand eine schwere Nacht bevor, der ein schweres Leben folgen würde.

„Faschisten? Wieso denn Faschisten?", fragte sich Bambi entsetzt und versank in schwarzen Träumen, als er eine Viertelstunde später zum Krankenwagen getragen wurde.

Wie die Sache in diesem Wradijiwka schließlich ausgegangen war, wusste Bambi nicht. Und es war ihm auch egal. Nachdem er mehrere Wochen in einem Verbrennungszentrum behandelt worden war, wurde er entlassen. Er habe Glück gehabt, meinten die Ärzte, er sei äußerst zäh, er hatte nicht nur überlebt, sondern würde trotz der schweren Verbrennungen weiter seiner Arbeit nachgehen können.

„Jetzt sind Sie erst mal krankgeschrieben, dann nehmen Sie Urlaub, und im Herbst sind Sie wieder auf dem Posten. Kopf hoch, Kumpel", hieß es bei seiner Entlassung.

Irgendwann war Bambi also wieder zu Hause. Angst und Verzweiflung waren jedoch seine täglichen Begleiter. Die Träume, die ihn heimsuchten, waren so schrecklich, dass er die Lust am Leben verlor. Fast jede Nacht träumte er vom Feuer.

In der ersten Nacht nach seiner Rückkehr aus dem Krankenhaus – Bambi hatte sich vorsichtig hingelegt und behaglich auf seinem Bett ausgestreckt – überkam ihn ein Alptraum. Er träumte, er säße in einer Zirkusarena, mitten in der Manege, die nicht mit Sand bedeckt, sondern mit abgenutztem Parkett ausgelegt war. Er saß an einem Tisch, auf dem lauter dunkle Bierflaschen standen. Offenbar, zumindest roch es für Bambi so, waren sie mit starkem schwarzem Tee gefüllt. Ihm gegenüber, an der anderen Tischseite, saß ein prominenter Typ. Er trug einen üppigen Bart und eine Brille. Er hielt eine Flasche in der Hand, aus der er Tee schlürfte, und schaute Bambi angewidert an.

Der Zuschauerraum musste bis auf den letzten Platz besetzt sein, obwohl es dort dunkel und still war. Bambi spürte, wie sich ihm kalte und missbilligende Blicke in den Rücken bohrten. Schweiß trat ihm auf die Stirn.

„Woher kenne ich dich eigentlich?“, fragte er den Bärtigen.

Der lachte verächtlich und steckte sich eine Zigarette an. Gleichförmige Rauchwolken kringelten sich über dem Tisch, für Bambi roch es nach verbranntem Gummi.

„Und, wie geht’s dir, du Hund?“, brach der Bärtige endlich sein Schweigen.

„Wieso bin ich denn ein Hund?“, fragte Bambi empört.

„Wer bist du denn?“

„Ein Mensch“, murmelte er leicht verunsichert.

„Haben Sie das gehört, meine Herrschaften? Dieser Hund, der auf Befehl seines Herrn Menschen umbringt, hält sich für einen Menschen", rief der Bärtige dem unsichtbaren Publikum zu.

Es pfiff und trampelte ringsum, Steine kamen in Richtung Tisch geflogen. Bambi erwischten sie am Hals, den Bärtigen trafen sie im Gesicht, sein Brillenglas sprang und überzog sich mit einem Netz an Rissen. Einige Steine landeten auf dem Tisch und stießen die Flaschen um. Klirrend stürzten sie zu Boden. Der Tee ergoss sich über das Parkett und bildete unter dem Tisch eine riesige Lache.

Bambi wollte aufspringen und sich an den Schuldigen rächen, merkte aber, dass er mit Klebeband an den Stuhl gefesselt war.

„Da siehst du's, du Hund. Du reagierst eben nur auf den Reiz, wie ein Tier. Eine kausale Kette zu erfassen, das schaffst du nicht. Du bist nicht einmal in der Lage, eine Ursache zu erkennen. Ich hingegen bin ein Mensch. Ich begreife, dass das alles nicht von ungefähr passiert, dass man die Leute erst mal dazu bringen muss, dich mit Steinen zu bewerfen und mich ehrbaren unschuldigen Mann gleich mit."

Der Bärtige setzte seine zersprungene Brille ab und blies Bambi eine dicke Rauchwolke ins Gesicht.

„Dein Problem ist, dass du deinem Herrn, demjenigen, der dir die Futterschüssel füllt und die Scheiße wegmacht, blinden Gehorsam leistest. Wenn du ein Tier bist, ist das eine gute Eigenschaft. Aber du bist ein Mensch, ein Mann, ja sogar ein Bürger." Der Bärtige blickte Bambi angewidert an. „Du solltest Würde und Stolz haben, du Hundesohn. Es ist dein Recht als Mensch und Bürger, dich Verbrechern zu verweigern."

„Aber ich habe doch einen Befehl."

„Was denn für einen Befehl, zum Teufel. Menschen zu verstümmeln und umzubringen? Und was ist mit deiner Ehre?" Der Bärtige war außer sich.

„Meine Ehre ist es, den Befehl auszuführen."

„Verstanden. Ich habe alles verstanden."

Der Bärtige stand auf und ging um den Tisch mit den Flaschen, den Stuhl mit Bambi und die Pfütze herum.

„Zu deinem Pech werdet ihr, du und deine Brüder im Geiste, der gerechten Strafe nicht entgehen", sagte der Bärtige und hüstelte. „Die Ukrainer sind ein heiliges Volk, wir können mit der Kraft unserer Gedanken Vergebung in gerechte Wut und Tee in Benzin verwandeln! Lasst die Puppen runter!", rief er plötzlich nach oben.

Noch ehe Bambi sich wundern konnte, kam seine ganze Einheit – wie Marionetten, denen man grobe Stricke um den Hals gelegt hatte – von oben herab geschwebt. Verstört sah Bambi die toten Männer, mit denen er etliche Jahre zusammen gedient hatte, die heraushängenden Zungen und bläulichen Gesichter, die schweren Armeestiefel, denen nur ein paar Dutzend Zentimeter bis zum Boden fehlten. Manche erkannte er, andere nicht. Plötzlich fingen die Gehängten an sich zu drehen, zu tanzen, als sei oben unter der Decke ein Karussell in Gang gesetzt worden. Unter den Tanzenden entdeckte er auch Iwanytsch.

„Die Vorgesetzten lassen bitten. Das ist ein Befehl!", rief der Bärtige.

Zu Tode erschrocken, jaulte Bambi kurz auf. Stets hatte man ihm versichert, er würde sich nie für seine Taten verantworten müssen, und weil man ihn dermaßen belogen hatte, schlotterte er jetzt vor Angst wie ein Kind.

Bambi wollte um Gnade flehen und war schon dabei, den Mund zu öffnen, als sich eine wohlvertraute Hand gegen die linke Wange presste und ihm dann den Mund zuhielt.

‚Ist das etwa …?', schoss es ihm durch den Kopf. Doch die Blonde, die tatsächlich hinter ihm stand, ließ ihm keine Zeit zum Nachdenken. Sie nahm ihre Hand weg, Bambi schnappte nach Luft und hörte, wie sie ein Streichholz anriss und ein Feuer entfachte. Er sah einen merkwürdigen Wink des Bärtigen, und plötzlich roch die Pfütze unter seinen Füßen scharf nach Benzin. Von hinten kam ein Streichholz geflogen, unter seinen Füßen wurde es heiß, die Kameraden in den Schlingen über seinem Kopf tanzten flotter.

Das Publikum auf den Rängen schaute schweigend zu. Voller Trauer, voller Verständnis, ohne Mitleid.

Bambi wurde panisch, er versuchte, der Falle irgendwie zu entkommen, aber er konnte nur schreien und sich aufbäumen. Plötzlich kam der Bärtige dicht an ihn heran und berührte ihn beschwichtigend an der Schulter.

„Schrei nicht so. Beim Sterben zeigt man Würde. Schau mich an!“

Er lief um den Tisch herum, an dem bereits die Flammen züngelten, setzte sich auf den brennenden Stuhl und blickte Bambi gelassen an.

„Ich will einfach sichergehen, dass ihr Schweinehunde auch wirklich in die Hölle kommt. Und dass ihr ja nicht freigelassen werdet. Das ist alles.“

Bambi bäumte sich ein letztes Mal auf, schrie, erinnerte sich, dass er den Bärtigen vom Fünfzig-Hrywnja-Schein kannte, und erwachte in seinem schweiß- und speichelgetränkten Bett. Es war schon Morgen, und er schlief nicht wieder ein.

Er brauchte einen ganzen Tag, um den Alptraum abzuschütteln. Alle Menschen, die er getötet hatte, fielen ihm ein, er dachte an Dinge, die ihn bis jetzt überhaupt nicht belastet hatten.

Eigentlich wollte er schnell zur Kirche nebenan laufen, hatte sich sogar schon angezogen, aber dann hörte er im Treppenhaus Stimmen und verkroch sich im hintersten Winkel seines Zimmers. Bis zum Abend hatte er sich so in seinen Wahn hineingesteigert, dass er fest davon überzeugt war, sie würden diese Nacht kommen und ihn holen. Bambi nahm sich Essen mit ins Zimmer, legte Waffen zur Verteidigung bereit und verbarrikadierte sich. Er saß die ganze Nacht in Habachtstellung da und wartete auf den Sturm. Gegen Morgen schlief er entkräftet ein.

Auch im Traum schlief er. Iwanytschs laute, kehlige Stimme weckte ihn. Mit breiten Jagdmessern hieben sie sich gegenseitig die Köpfe ab. ‚Wieso lassen sich die Köpfe so leicht abtrennen, und wieso fließt aus den Wunden kein Tropfen Blut?', wunderte sich Bambi, als er merkte, wie ihm ein Messer unter die Haut fuhr. Dann hielt er seinen Kopf in der Hand, er war weich und leicht feucht, er gab unter seinen Fingern nach und hinterließ feuchte Spuren. Bambi drehte ihn wie einen Ball, drückte ihn zusammen, formte eine bucklige Kugel und stopfte sie sich in die Speiseröhre. Daraufhin spürte er, wie sein Gehirn und seine Augen durch den Magen wanderten.

„Seid ihr bereit, Männer?", rief Iwanytsch.

Die enthaupteten Männer pfiffen heiser durch ihre offenen Kehlen wie ein Blasorchester, dann zogen sie ihre Helme über die Stümpfe und stiegen aus dem Bus.

Vor ihnen lag ein großer verschneiter Platz, in dessen Mitte eine riesige Säule aufragte. Frost, tiefe Nacht, die schon bald auf ein Zeichen hin verschwinden und dem Morgen Platz machen würde. Iwanytsch ließ sie neben den Kämpfern anderer Einheiten antreten, zeigte mit seiner Rechten auf eine Barrikade, die plötzlich dastand und hinter der sich mehrere hundert Männer tummelten, und befahl:

„Männer! Seht ihr die Barrikade? Seht ihr die Schweine auf der Barrikade? Treibt sie auseinander! Keine Gefangenen, damit wir uns nachher nicht mit denen abplagen müssen! Verwunden ist erlaubt, aber seht zu, dass ihr niemanden umbringt! Marsch!"

Die Kämpfer röchelten zustimmend und freudig aus den Stümpfen unter ihren Helmen, formierten sich und setzten sich in der von Iwanytsch befohlenen Richtung in Bewegung.

Auf den Barrikaden wurden sie offenbar schon erwartet, als sie näherkamen, empfing sie ein Steinhagel. Bambi und seine Kameraden versuchten, die Barrikaden zu durchbrechen, aber die Leute standen wie ein Mann. Die ersten zwei Angriffswellen endeten unentschieden. Bambi sah, dass sie ein paar blutüberströmte Barrikadenkämpfer fortbrachten, auch aus ihren Reihen waren einige Männer schwer verletzt worden. Iwanytsch gab das Kommando, sich zurückzuziehen und neu zu formieren. Kaum hatten sich die Kämpfer neu aufgestellt, kamen die Verteidiger nach und nach hinter den Barrikaden hervor und nahmen den Platz ein, den die Kämpfer preisgegeben hatten. Es wurden von Minute zu Minute mehr, die meisten trugen Bauarbeiterhelme und waren mit einem Stock bewaffnet.

„Wieso schlafen die denn nicht, verdammt", Bambi bekam ein mulmiges Gefühl im Bauch, „was sind denn das für Leute, es ist Winter, es ist kalt, es ist Nacht, und die kämpfen hier gegen das Sonderkommando."

Iwanytsch gab den nächsten Befehl zum Angriff, seine Leute marschierten auf die Menge zu und krächzten unverständlich aus ihren Kehlen, die anderen sangen ein Lied, das Bambi irgendwie bekannt vorkam. Auch diesen Angriff wehrten die Verteidiger ab, und plötzlich war die Hölle los.

Kirchenglocken fingen an zu läuten. Bambi und seine Freunde begriffen nicht recht, was passierte, und versuchten sich gegenseitig aufzuheitern, indem sie zum Glockengeläut *Gangnam Style* tanzten. Mehr als zehn Minuten telefonierte Iwanytsch aufgeregt mit jemandem und hielt sich das freie Ohr zu, damit die Glocken ihn nicht störten. Dann legte er wütend auf und gab erneut den Befehl zum Sturm.

Als Bambi auf die Barrikaden zulief, begriff er, dass etwas nicht stimmte. Von den Kirchenglocken geweckt, strömten die Leute zu Tausenden auf den Platz. Als der Tumult begann, war klar, dass sie gleich zermalmt werden würden. Bambi teilte nach allen Seiten aus, er schonte sich nicht, doch kaum hatte er einen getroffen, standen sofort zwei, drei andere da, die noch bissiger und hartnäckiger waren. Sie zogen ihn am Arm, gingen ihm an die Gurgel, schlugen zurück. Irgendwann konnte sich Bambi nicht mehr halten und merkte, wie ihn ein paar Leute hochhoben, ihre Fingernägel in seine Arme und Beine bohrten und an ihm zerrten. Bambi, der enthauptete Bambi, verlor seinen Helm, der durch den Schnee kullerte und den Leuten wie eine fette schwarze Katze vor die Füße fiel. Jetzt kommt's dicke, das war sein letzter Gedanke, dann zogen ihn diejenigen, die ihn hielten, nach allen Seiten. Bambi merkte, wie er in der Mitte entzweiriss, spürte ein furchtbares Knacken und sah zuletzt eine Wolke aus Federn aus seinem Inneren quellen.

Bambi wurde munter und lauschte auf sein verschüchtertes Herz. In Stücke gerissen zu erwachen, hieß gar nicht zu erwachen. Hieß, in Erwartung eines Alptraums zu leben, der Angst zu erliegen, den entscheidenden Moment verpasst zu haben.

Bambi rief sich die letzten Arbeitsjahre ins Gedächtnis, die Menschen, die er verwundet hatte, und begriff, dass er keines natürlichen Todes sterben würde. Jeden Abend verbarrikadierte er sich in seinem Schlafzimmer und trank, um die Träume fernzuhalten. Sie kamen trotzdem.

Bambi schüttelte die Träume ab, stellte sich vor den Spiegel und redete mit seinen neuen Freunden.

„Zum Teufel, Bambi, such dir doch einfach eine Arbeit, wo du keine Gesetze übertreten musst. Das reicht doch", riet ihm ein blonder Engel.

„Genau, genau, du Hund. Du suchst dir eine andere Arbeit. Und die Kredite, die du aufgenommen hast, zahlst du dann zurück, wenn du deine inneren Organe verkauft hast? Sitz schön still und mucks nicht. Du hast doch deinen Knochen, was willst du mehr?“, fragte ein schwarzer Engel mit dem Gesicht des Mannes vom Fünfzig-Hrywnja-Schein.

Natürlich gehorchte Bambi dem Schwarzhaarigen. Er war schließlich der Einzige, der ihm versprochen hatte, ihm auch über den Tod hinaus beizustehen.

„Braver Hund, ganz brav.“

## Wohnung 17
## Die Insel

Der Samstag begann immer mit Musik.

Drei Wochen, wenn nicht gar einen ganzen quälenden Monat lang hatte es nicht geregnet. Der Juli war in diesem Jahr stickig, ein einziges heißes Gelb. Schon früh am Morgen knackten die knochentrockenen Dächer der Häuser in Erinnerung an die sengenden Strahlen des Vortags. Bunte Luftzüge trieben den schwermütigen heißen Blues durch die Straße, als wollten sie ihn aus Spaß durch die geöffneten Fenster in die Wohnungen blasen. Die Kastanien flüsterten verzweifelt miteinander, in ihren wandernden Schatten versteckten sich die Revierkatzen. Was sollten sie in dieser Hitze auch machen?

Iryna tauchte ein weiteres Mal aus einem schweren, bleiernen Vergessen auf, in das ihre nächtlichen Träume mit dem Morgengrauen übergegangen waren. Sie fühlte sich zwar nicht kraftlos, aber sehr müde. Das Alter forderte eben seinen Tribut. Im Sternzeichen Fisch geboren, quälte sie sich jeden Sommer, wenn die Flüsse seicht wurden und die Bäche versiegten, wenn die Haut empfindlich und rau wurde wie zerfledderte Kalenderblätter und es so selten regnete, dass ihr Vater jedem Regenguss seinen eigenen Namen gab.

„Sieh mal, Iryna, Dmytro zieht auf“, sagte der Vater und zeigte auf die Schieferdächer, hinter denen sich schwarze, bedrohliche Wolken türmten.

Die Regenfälle hatten meist männliche Vornamen und brachten eine spürbare Erleichterung.

... Ihr Leben lang hatte sie unter Schwüle und Hitze gelitten, jetzt, wo sie Anfang siebzig war, wurde es nur noch schlimmer.

Sie war immer dürr gewesen, aber in der schwülen Jahreszeit trocknete sie vollkommen aus und wurde schwerelos. Lautlos wie ein Geist schwebte sie durch die Wohnung. Es fehlte nur noch, dass sie durch Wände gegangen wäre. Wenn ihre Enkelin sie anschaute, schien es ihr, als würde die Sonne sie ganz durchdringen und zerfließen lassen.

Iryna riss die Augen auf, stand mühsam auf, warf den alten Hausmantel über, der noch aus Sowjetzeiten stammte und scharf nach Schweiß roch. Er hatte sich schon am Morgen mit Hitze vollgesogen und erinnerte eher an eine glühende Ritterrüstung als an ein Hauskleid. Sie trippelte vor dem Fenster herum, betrachtete die morgendlichen Kastanien und wischte den Staub vom Fensterbrett und vom Tisch.

Irgendwo in der Wohnung, in einem anderen Zimmer, das um einiges größer und deshalb auch kühler war, knarrte ein Sofa. Jemand murmelte, ein Feuerzeug schnappte, nackte Füße tappten durch den Flur und stolperten in die Küche. Wasser lief in einen Ibrik, Zigarettenrauch zog in die Wohnung, die Kühlschranktür klappte leise mehrmals leise auf und zu. Dann liefen die Füße, jetzt gleichmäßig und gemächlich, durch den Flur zurück, ein Löffel klirrte in einer Tasse, Musik ging an. Olena war aufgestanden.

Je älter Iryna wurde, umso mehr ging sie ihrer Enkelin aus dem Weg. Mit jemandem zusammenzuleben, der fast fünfzig Jahre jünger ist, war doch eine Qual, während du zusiehst, wie die junge Frau reift und erblüht, wie ihr Körper sich mit Saft und Kraft füllt, wirst du das Gefühl nicht los, dass sie dich bestiehlt, wenn auch nicht absichtlich. Säckeweise schleppt sie die Jugend aus deinem Zimmer, fegt die Reste von Freude und Leidenschaft hinaus, die irgendwann mal jemand Stück für Stück um das Bett herum und auf dem Schreibtisch verteilt hatte, Stücke dessen, was für dich, die du noch nicht ganz alt bist, dein Leben ausgemacht hat, gräbt sie aus, trägt sie fort, wirft sie weg und verteilt sie an andere.

Iryna mied die Jüngere sichtlich, besonders in den letzten Jahren, nachdem Olena die Schule beendet hatte und an die Uni gegangen war. Sie fand es unangenehm und demütigend, mit ihr zusammen zu sein. Sie fühlte sich alt, verdammt alt und kraftlos, sogar wenn Olena bloß mit ihr redete. In der jugendlichen Stimme lag so viel Ungestümes, das Iryna traf wie ein Ball die Scheibe, das Löcher schlug, Risse zog und eine Erschöpfung zurückließ, die sie nur schwer wieder los wurde. Abgesehen von Ausnahmesituationen beschränkten sich ihre Unterhaltungen im Grunde auf die gemeinsamen Mahlzeiten, die allerdings selten waren. Wie es sich für eine junge Frau Anfang zwanzig gehörte, aß sie mittags und abends selten zu Hause, vom Morgen ganz zu schweigen.

Das Verhalten ihrer Großmutter engte sie nicht ein, im Gegenteil. Die wenigsten ihrer Freunde konnten so frei ihren Aktivitäten, Interessen und Plänen nachgehen wie sie, die wenigsten konnten sich Freiheiten wie diese auch nur vorstellen. Mit vierzehn tauschte sie die Plüschtiere gegen Männer, die sie mit sechszehn um den Finger wickelte. Mit fünfzehn trank Olena zum ersten Mal Alkohol und hatte durch praktische Versuche kurze Zeit später herausgefunden, wie die einzelnen Getränke auf sie wirkten und wie viel sie brauchte, um wohldosiert angeheitert zu sein. In diesem Zustand glich Olena einem großen durchsichtigen Gefäß aus Glas: Alle Gedanken und Wünsche durchbrachen sofort die dünne Wand der Stimmung, und schon der kleinste Schlag ließ sie zerbrechen. Sturzbetrunken war sie nicht gern, zu viel Alkohol machte ihre Gedanken auffällig logisch und klar und ließ sie so überzeugend wirken, dass es ihr selbst nicht geheuer war. Als einer ihrer Verehrer sie bei ihrem zweiten Treffen betrunken machte, weil er hoffte, auf diese Weise leichtes Spiel mit ihr zu haben, lenkte sie das Gespräch auf einmal in seltsame Bahnen. Sie fragte ihn nach seiner Arbeit, seiner Frau, seiner Haltung gegenüber dem Präsidenten und den Perspektiven für seine Firma. Binnen einer halben Stunde hatte sie ihn dazu gebracht, aufs Fensterbrett zu steigen, um mit einem Sprung aus dem achten Stock seinem Leben ein Ende zu setzen. Als der Typ nun seinen letzten Willen zu Papier gebracht, sich bekreuzigt und zum Sprung angesetzt hatte, versuchte sie, ihn von seinem Vorhaben abzubringen. Und auch das gelang ihr.

Olena liebte ihre Oma. Sie liebte sie, wie Menschen aus Industriestädten die Landschaft vor ihrem Fenster lieben: Sie nehmen sie als gegeben hin und sehen in ihnen das Fundament und die Voraussetzung für die eigene Existenz. Nach dem Autounfall, bei dem Olenas Eltern ums Leben gekommen waren, hatte Iryna ihre Enkelin ohne jeden Vorbehalt zu sich genommen. Olena nahm Rücksicht auf die alte Frau, bemühte sich, nicht angetrunken nach Hause zu kommen, und brachte auch niemanden mit, um Irynas Nerven nicht unnötig zu strapazieren. Sie wusste, dass Omas Rente nicht für sie beide zum Leben reichte, und war deswegen ständig auf der Suche nach einem Job. In einem Sommer arbeitete sie bei McDonald's, dann als Schuhverkäuferin, und vor den Prüfungen schrieb sie für ihre Kommilitonen Tests und Hausarbeiten. Trotzdem kamen sie mit dem Geld kaum über die Runden.

Ein Zufall half ihr aus der Klemme. Eine befreundete Kommilitonin und zwei Mitstudenten hatten eine professionelle Abzocke: Sie lernte über die sozialen Netzwerke einen Mann kennen, kam mit ihm ins Gespräch, irgendwann auch über intime Dinge, dann lud sie ihn zu einem Besuch in ihre Stadt ein. Sie verabredete sich mit ihm in einem Café oder in einer Kneipe und stellte dann in Aussicht, später zu ihr zu gehen. Das ließ sich kaum ein Kandidat entgehen. Die Jungs wurden über Ort und Zeit informiert, dann nahm die Sache ihren Lauf. Die Männer setzten sich zu dem Typen an den Tisch, füllten ihn mit Alkohol ab, kippten ihm auch ein paar Schlafmittel ins Glas und nahmen ihn anschließend aus. Das Mädchen kam nicht. Für jeden geköderten Typen gab es 25 grüne Scheinchen. Olena überlegte nicht lange, machte mit und bereute es nie. Sie gingen vorsichtig ans Werk, ihre Accounts waren gefälscht und die Stadt groß genug, sodass sie nicht aufflogen. Damit die Großmutter keine überflüssigen Fragen stellte, tat Olena so, als plage sie sich noch immer mit Hausarbeiten für ihre Kommilitonen und als wäre das Geld immer noch knapp. Ihre Honorare versteckte sie unter einer alten Diele am Balkon. ‚Alles zu seiner Zeit‘, sagte sie sich.

***

Iryna öffnete die Schlafzimmertür, schlurfte durch den Flur ins Bad, zog sich aus, stieg mit Mühe über die Einfassung der Duschkabine und drehte den Hahn auf. Wie immer brachte ihr das Wasser eine spürbare Erleichterung. Sie schloss die Augen, strich sich übers graue Haar, hielt ihr Gesicht unter den Strahl. Das Wasser rann über ihren Körper, floss ab und nahm den letzten Schlaf und die nächtliche Altersmüdigkeit mit sich fort. Ein weiteres Mal spürte Iryna, dass Wasser eine verjüngende Wirkung hatte.

Auf einmal drang durch den Spalt unter der Tür zaghaft und unmerklich wie Zigarettenrauch eine merkwürdige, fremde Musik. Die ruhigen und weichen Töne, so ganz anders als das, was Olena sonst hörte, von Irynas Vorlieben ganz zu schweigen, faszinierten sie. Die alte Frau verringerte die Wasserzufuhr auf ein dünnes Rinnsal und lauschte der Musik.

Die Musik war Wasser. Beruhigend, kühlend und ein bisschen schwermütig umfing sie den Körper und liebkoste ihn. Iryna schaute zu, wie der schmale Wasserstrahl ihren Arm von der Schulter bis zum Handgelenk herabfloss, spürte, wie kleine Wellen der Zufriedenheit in ihr aufstiegen, wie die schlummernden, ausgezehrten Fische der körperlichen und seelischen Lust erwachten und an die Oberfläche drängten. Zuerst kitzelte es auf der Brust, dann überzog sich der ganze Körper mit einer Gänsehaut.

Iryna drehte hastig die Dusche ab, rieb mit den Händen über die Unterarme, um die Gänsehaut loszuwerden, stieg ächzend aus der Dusche und stieß, während sie sich noch abtrocknete, mit dem Fuß die Badtür auf. Im selben Moment drang diese unglaubliche Musik zu ihr herein. Iryna hielt inne und versuchte herauszufinden, welche Instrumente spielten und wovon das Lied handelte, aber es gelang ihr nicht: Die Sprache war ihr fremd, und in den Tonfolgen hörte sie nur ein paar zarte Takte, die von Tasteninstrumenten gespielt wurden.

Völlig fasziniert schlüpfte Iryna in ihren Hausmantel und tastete sich tapfer durch den dunklen morgendlichen Korridor zu Olenas Zimmer, mit jedem Schritt, den sie auf die verschlossene Tür zu machte, spürte sie, wie die Musik lauter, greifbarer wurde, ihr näherkam. Die Töne der Instrumente schienen eine Silhouette zu formen, verschwommen, nah und zerbrechlich. Die Musik wurde zu einem Lebewesen, mit zartem Atem, morgendlichem Geruch und warmen Sonnenfingern. Die Musik nahm Irynas Hand und führte sie zu ihrer Enkelin. Erst direkt vor der Tür, in einer Pause zwischen zwei Stücken, kam die alte Frau zu sich und sah, wie sich die schemenhafte Figur neben ihr im Luftzug aus dem Zimmer auflöste und im Flurdämmer verschwand.

Iryna drückte auf die Klinke und warf einen schüchternen Blick in den Raum. In dem seit Kindertagen vertrauten Zimmer war es – für eine junge Frau Anfang zwanzig – ungewöhnlich ordentlich. Es sah immer noch so aus wie nach der letzten Renovierung, die mittlerweile 30 Jahre, wenn nicht länger zurücklag.

Das Sofa, das seit ewigen Zeiten hier stand. Ein schmales, durchgelegenes Möbel, auf dem früher ihre Eltern schliefen und auf dem sie – noch in der alten Wohnung – eines schönen Sommertages Iryna zeugten; dasselbe Sofa, auf dem auch Iryna zum ersten Mal mit einem Mann zusammen war; das Sofa, das sie ein für alle Mal mit körperlicher Lust verband und das mit seinen quietschenden Federn delikate Erinnerungen weckte. Jetzt schlief Olena hier. Die alte Frau stellte sich einen Moment lang vor, welche Träume das junge Mädchen auf dem Sofa haben musste, und wurde rot. Hätte sie erfahren, was ihre geliebte Enkelin auf dem Bett wirklich träumte, wäre sie wahrscheinlich vor Scham gestorben.

Der Bücherschrank über die ganze Wand. Olenas Großvater Mychajlo hatte ihn vor langer, langer Zeit selbst gefertigt. Ein begnadeter Schreiner. Auch nach über zwanzig Jahren sah die Bücherwand noch wie neu aus. Olena hatte ihre Freude daran und stellte ständig neue Bücher hinein. Immer, wenn Iryna ins Zimmer kam, hatte sich die Bibliothek vergrößert. ‚Eines Tages hat sie so viele Bücher, dass sie zuerst das Zimmer und dann den Flur verstellen, und dann sind wir füreinander nicht mehr erreichbar. Wenn ich sterbe, merkt sie das gar nicht gleich', sinnierte Iryna.

Der Schreibtisch, der bei Familienfeiern als Festtafel diente. Wenn es keine Feier gab, war der Tisch fast immer leer. Höchstens eine Vase oder ein anderer Schmuck stand drauf. Sonst nichts. Iryna mochte es, einen großen Tisch im Zimmer zu haben, auf dem nichts Überflüssiges herumlag. Er war ein Blickfang. Allen fiel der mehrere Quadratmeter große solide Tisch auf, der leer war. Bei anderen Leuten, bei denen Iryna zu Besuch war, wimmelte es auf allen Möbeln vor nützlichen und unnützen Dingen. Sie hingegen hatte einen Tisch, an dem man sitzen konnte, ohne dass die Hände und die Augen sich ständig an irgendwelchem Kram stießen. Als Olena das Zimmer bezog, standen allerdings im Handumdrehen ein Computer und Boxen auf dem Tisch, mit denen sie Musik hörte.

Der Sessel, in dem erst Iryna, dann ihre Tochter Anna und irgendwann Olena ihre ganze Kindheit über gesessen hatten. Wenn sie an ihre Vorschulzeit dachte, stand ihr unweigerlich dieser Sessel vor Augen, auf dem eine alte karierte Decke lag und dessen Armlehnen bei jeder abrupten und ungestümen Bewegung abfielen. Sie liebte es, in diesem Sessel zu lesen, fernzusehen, zu dösen und auch zu essen, wofür es von der Mutter immer eins setzte.

Den Rücken zur Tür, das Gesicht zum offenen Balkon, hatte es sich jetzt Olena in diesem Sessel gemütlich gemacht. In der Rechten hielt sie eine dünne Zigarette, der aromatische Rauch stieg nach oben, zu der sauberen Deckenlampe, löste sich aber in der flirrenden Luft auf, ehe er die Decke erreichte. Die Linke schwang Olena wie ein Dirigent, um ihr merkwürdiges unsichtbares Orchester zu instruieren.

Die Musik gehorchte ihr offenbar. Sie machte Pausen, wurde leiser, schwoll an. Es schien sogar, als würde sie, ihren Gesten folgend, durch den Raum laufen wie ein dressierter Hund, aus den schattigen Ecken auf die Sonnenflecken springen, die hier und da auf den Dielenboden fielen. Olena faszinierte die Musik offenbar genauso wie Iryna. Das Mädchen war völlig versunken in die zu Fäden geflochtenen Töne, sie spann sich in diese Fäden ein, schlang einen Faden nach dem anderen ums Handgelenk, legte Knoten auf die Hüfte und die Fersen, packte die Momente, wenn das Empfinden der Musik körperlich greifbar wurde. Olena fiel in Trance: Sie wusste, dass sie die Musik dirigierte, dass sie die Fäden führte und die raffinierten Knoten legte, dass sie aber zugleich niemanden anders als sich selbst einspann und die Musik sie mit jeder Bewegung mehr und mehr in ihren Bann zog, ihr die Freiheit nahm und sie gehorchen, dem Lauf der Musik folgen musste und die Richtung und das Tempo der Bewegung nicht zu lenken vermochte.

Iryna spürte, wie ihr eine neue Gänsehaut wuchs, sie lief um den Sessel herum und berührte ihre Enkelin vorsichtig am Knie. Olena stöhnte kurz und leise auf, öffnete die Augen und schaute ihre Großmutter fragend an.

„Hallo", rief Iryna, mit Mühe die Musik übertönend.

„Hallo. Was gibt's?"

„Was ist das für Musik? Mir ist richtig kalt", rief die Großmutter und machte eine vage Geste in Richtung der Boxen, aus denen das Lied kam.

„Kalt? Bei dieser Hitze?", wunderte sich Olena.

Wortlos krempelte Iryna die Ärmel ihres Hausmantels hoch und entblößte ihren alten Arm mit der hervortretenden Vene. Auf der Haut wölbten sich lauter kleine Buckel, als wäre es sehr kalt.

„Oho, sieh mal an", rief das Mädchen.

Sie stand auf, ging zum Computer und drehte leiser.

Dann wandte sie sich ihrer Großmutter zu und streichelte beruhigend deren matte Hand.

„Willst du eine Zigarette?", fragte sie.

Iryna nickte. Olena holte flink eine Zigarette heraus, zündete sie an und schob der Großmutter den Aschenbecher hin.

„Hab seit sieben Jahren nicht mehr geraucht", sagte Iryna, als wollte sie sich rechtfertigen, und blies den Qualm ins Irgendwo.

„Das ist mir ehrlich gesagt egal“, sagte das Mädchen lächelnd. „Dann hat’s dir also gefallen?“

„Gefallen ist, glaube ich, nicht das richtige Wort ... Die Musik fasziniert mich, weckt Erinnerungen und Gedanken, ganz unwillkürlich. ... Weiß gar nicht, wie ich das erklären soll, Olena. So etwas habe ich noch nie gehört.“

„Das ist Sigur Rós.“

„Wie?“

„Sigur Rós. So heißt die Gruppe. Sie kommen aus Island.“

„Ach! So weit weg!“

Iryna schloss die Augen und versuchte, sich eine Europakarte vorzustellen. Sie hatte einige Mühe, denn Wissen, das man nie braucht, verflüchtigt sich irgendwann und geht verloren. Trotz des äußerst vagen Bildes, das ihr von Europa geblieben war, wusste sie noch, dass dieses komische Island irgendwo links oben lag.

„Ja, weit weg. Und kalt ist es dort. Leben würde ich da wahrscheinlich nicht so gern. Aber die Musik gefällt mir auch. Ich mag überhaupt isländische Musik. Die ist irgendwie anders, weißt du ...“ Olenas Finger fuhren durch die Luft. „Sie strahlt eine gewisse Ruhe und Kühle aus. Obwohl die Namen der Musiker völlig abgefahren sind.“ Sie zog eine lustige Grimasse. „Will mir irgendwie überhaupt nicht in den Kopf, dass Leute mit solchen Namen so eine Musik machen.“

„Ja, kalt“, wiederholte Iryna wie unter Hypnose.

„Und im Winter ist es genau umgekehrt. Von der Musik wird dir warm.“

„Wenn der Winter kommt, überprüfen wir das. Lässt du mich rein?“, fragte die alte Frau und zwinkerte ihrer Enkelin verschwörerisch zu.

„Klar, warum nicht? Ich bin immer gern mit dir zusammen, da müssen wir nicht bis zum Winter warten.“

„Wirklich?“

Vor Rührung bekam Iryna einen Kloß im Hals. Sie empfand plötzlich Dankbarkeit und Gelassenheit, fühlte sich leicht.

„Wirklich. Es verletzt mich vielleicht nicht unbedingt, dass du mir die ganze Zeit aus dem Weg gehst, aber dass ich es angenehm finde, könnte ich auch nicht behaupten. Wir wohnen immerhin zusammen, und so viel Platz ist hier eigentlich auch nicht, oder? Manchmal habe ich den Eindruck, als wäre ich hier und du, ich weiß nicht, in ..."

„In Island", rief Iryna dazwischen.

„Ja, in Island."

Olena stand auf, klickte das nächste Stück an und lief im Zimmer auf und ab. Ihre Stimme und ihre Schritte versanken in den Schallwellen, um hin und wieder aufzutauchen, dann hörte und verstand Iryna alles, was ihre Enkelin sagte. Auch die Sätze, die die isländischen Magier geschluckt hatten, ließen sich mit dem Kontext schnell rekonstruieren, kein Satz, kein Wort, kein Laut schnellte nutzlos durch die stickige Juliluft. Jeder Pfeil fand sein Ziel, kein einziger flog an Iryna vorbei.

„Es fühlt sich wirklich so an, als wärst du in Island. Ich weiß ja nicht, wie das Alter bei anderen aussieht, aber bei dir hat es was von einer fernen Insel. Und diese Insel ist nicht nur weit weg, sie driftet auch noch ab, entfernt sich immer weiter von mir. Ich hab Angst, dass sie irgendwann für mich unerreichbar wird. Weißt du, was ich meine?"

Iryna sah ihre Enkelin mit großen Augen an. Setzte sich auf den Fußboden und lehnte ihren müden Rücken an den seit Kindertagen vertrauten Sessel.

„Du lebst irgendwo ganz weit weg, in Gegenden, wo es kalt ist, wo die Nacht länger dauert als der Tag, wo die Sprache komisch, verstaubt, konserviert klingt sozusagen. Ich sitze manchmal hier an meinem warmen Strand, vor mir der Ozean, der wirklich endlos ist, anders als die irdischen Meere. Ich plätschere mit den Füßen im klaren Wasser und warte, warte und warte, dass meine Großmutter endlich von ihren Ausflügen, von ihrer verdammten Insel mal bei mir vorbeischaut. Was weiß ich schon von dir? Du hast die siebzig überschritten, bist ruhig und stumm wie ein Fisch. Außer mir hast du niemanden. Ich habe viele Kumpel, Freunde, ziemlich gute Bekannte, aber das hängt mit meinem Alter zusammen, ist ja klar. Aber du, Iryna ... Komm doch mal bei mir vorbeigeschwommen!"

Iryna sah ihr Leben an sich vorüberziehen. Nicht in einem einzigen Augenblick, wie es angeblich geschieht, ehe die Seele den Körper verlässt. Die Erinnerungen waren klar und unaufgeregt. Wie ein kurzer, inhaltsreicher Film. In dem es tatsächlich um eine Reise ging, eine Reise vom Festland zu einer weit entfernten, unbekannten Insel. Iryna sah schon das hohe, felsige Ufer, das vor dem Horizont aufragte und sie magisch anzog. Am Ufer, tief in den Sand gegraben, steckten die leeren Boote derer, die den Endpunkt schon vor ihr erreicht hatten. Die Boote wirkten ausgeglichen und zufrieden nach ihrer vormals scheinbar unendlichen Reise. Der Ozean streifte mit seinen Wellen die geteerten Holzkörper, koste sie, hatte sie aber nicht länger in seiner Gewalt. Keine Welle, und wäre sie auch noch so stark und tosend, vermochte es, sie ins Meer zurückzuholen, sie waren derart mit der Landschaft verwachsen, hatten sich so gut eingefügt, dass die ganze Schönheit des Ortes zusammenstürzen würde wie ein Kartenhaus, wenn sie jemand von hier wegbrächte. Zärtlich koste das Wasser die Planken und müden Ruder, die Masten quietschten rhythmisch ein altes Fischerlied; die Segel, die sich unter dem salzigen Nordwind blähten, flüsterten Iryna etwas in einer fremden, wundersamen Sprache zu. Die Wellen kamen und gingen, sie überspülten alle menschlichen Spuren.

Iryna streckte die Hand aus und wollte das Bild berühren, das in ihrer Vorstellung entstanden war, aber die Insel floh, entfernte sich mit derselben Geschwindigkeit, mit der Iryna sich bewegte. Olenas Stimme, gebrochen vom Knattern des Windes und dem Plätschern der Wellen, drang schräg von der Seite, wie hinter einem schweren Theatervorhang hervor, an Irynas Ohr.

„Ist dir schlecht?“ Iryna merkte, wie die Enkelin sie sacht an die Schulter fasste.

Sofort war das Bild verschwunden, spurlos, hatte sich in nichts aufgelöst. Iryna öffnete die Augen und trat zum Wer-weiß-wievielten-Mal aus ihren Traumbildern zurück in die altvertrauten Kulissen: das durchgelegene Sofa, der Sessel, die Balkontür, die Bücherwand, die Holzdielen, die verschlissene Stehlampe in der Ecke, die Ikonen an der Wand. Olena saß erschrocken vor ihr mit einem Glas Wasser in der Hand. Sie schaute der Großmutter in die Augen und hatte Angst, darin etwas zu entdecken, das sie überfordern würde.

„Nein, Olenka, alles in Ordnung.“

„Von wegen alles in Ordnung“, protestierte die Enkelin. „Bei dir haut’s doch total rein, Mensch!“

Erst jetzt merkte Iryna, dass sie vor Kälte zitterte. Die Enkelin legte ihr die weiche warme Hand auf die Stirn, um zu prüfen, ob sie auch kein Fieber hatte. Aber die alte Frau hatte kein Fieber, ihr war nur sehr kalt.

„Mir ist kalt.“

Olena schielte ein paar Mal verstohlen nach dem Thermometer, das auf dem Balkon hing. Draußen waren über 30 Grad. Sie stürzte in Großmutters Zimmer, wo in einem alten Schrank ein Stapel Decken lag. Sie zog eine heraus, worauf der akkurat aufgeschichtete Stapel umkippte und auf dem Boden landete. Sie rannte zurück und stieß sich an einer Ecke im Korridor, fluchte aber nicht, sondern fauchte nur wie ein Tiger. Schnell faltete sie die schwere Decke auf und wollte sie Iryna umlegen, aber die winkte ab.

„Nein, lass nur, mein Mädchen, ich brauche keine Decke, es ist alles gut."

„Aber du frierst doch", rief Olena.

„Ach was, dann friere ich eben, ich hasse Hitze. Es geht mir gut, wirklich", erklärte sie ihrer Enkelin ruhig.

Verblüfft warf Olena die schwere Decke aufs Sofa und setzte sich daneben.

„Ich hab da was gesehen, weißt du ...", begann Iryna.

„Was?"

„Na ... sowas ..."

Iryna stammelte und suchte nach Worten. Die Worte ließen sich nicht formen, sie flogen nach allen Seiten davon und verschwanden. Sie hatte gesehen, wie das Leben verging, gesehen, wie der Tod ausschaute. Sie fand das gut. Sie freute sich. Aber sie konnte es nicht in Worte fassen.

Als einige Minuten im Schweigen vergangen waren, reichte es Olena.

„Nun sag schon", forderte sie die alte Frau auf.

Iryna machte eine Handbewegung, als wollte sie sagen, ach, scheiß doch drauf, und strich der Enkelin über den Rücken, mit aller Zärtlichkeit, die sie hatte.

„Ich weiß gar nicht, wie ich das beschreiben soll. Island muss sehr schön sein, wenn sie da solche Musik machen, wie du sie mir vorgespielt hast."

„Ja, wahrscheinlich", antwortete Olena verwirrt.

„Du musst hinfahren, wenn ich tot bin. Versprochen?"

„Was ist denn das für ein Quatsch? Du hast noch viele Jahre vor dir", sagte Olena und legte ihren Kopf erschrocken auf Irynas Schulter.

„Ich hab ja nicht gesagt, dass ich gleich morgen sterbe. Jeder Mensch hat einen letzten Willen. Das ist meiner: Fahr nach Island, wenn ich mal nicht mehr bin. Versprochen?"

„Versprochen, Oma“, sagte Olena und schaute ihre Großmutter gerührt an.

Sie gab ihr einen Kuss auf die Wange.

„Was hast du da eigentlich gesehen, dass du zitterst wie Espenlaub?“, fragte Olena und versuchte, ihre Erregung zu verbergen.

„Ach, scheiß drauf, Olenka. Ich weiß es nicht mehr. Mein Gedächtnis macht nicht mehr richtig mit. Das Alter. Leg lieber noch mal die Musik von vorhin auf. Damit es nicht so heiß ist. Deine Sigurdos, oder wie hießen die noch mal?“

„Sigur Rós“, korrigierte sie die Enkelin.

„Genau, mach die noch mal an. Und ich bleibe hier noch ein bisschen sitzen, ja?“

Bereitwillig stand Olena auf, ging zum Computer, öffnete die entsprechende Datei und stellte lauter. Wieder erfüllte die Musik den Raum. Die Enkelin setzte sich neben die Großmutter, hielt ihre Knie umklammert und beobachtete wippend, wie die Augen der alten Frau wieder diesen kalten, stählernen Ausdruck annahmen, wie sich Hals und Handgelenke mit einer Gänsehaut überzogen.

Iryna lächelte zufrieden und trommelte den Rhythmus auf dem Boden mit. Sie begab sich wieder aufs offene Meer hinaus. Sah die Insel, die vor ihr zurückwich und ihr noch keinen Zutritt gewährte.

# Zweiter Stock

**Wohnung 18, 19, 20**

## Wohnung 18
## Die Mutterfigur in der ukrainischen Gegenwartsliteratur

„Ist das dein Ernst, Borja? Weißt du eigentlich, wie schwer die Taschen sind?"

„Ach, Mama, da muss ich doch durch die ganze Stadt gurken!", tönte die Stimme des Vierzigjährigen am anderen Ende der Leitung.

„Soll ich etwa die ganzen Einkäufe nach Hause schleppen? Wozu hast du denn ein Auto?"

Die Frauenstimme kratzte wie ein Messer in einer alten Pfanne, und Borja hatte das Gefühl, ihm würden träge, ekelige Schnecken über den Körper kriechen. Er liebte seine Mutter, in den letzten Jahren aber tunlichst aus sicherer Entfernung. Olga Mykytiwna war schnell und unaufhaltsam gealtert, schwach und quengelig geworden. Wie ein Kindergartenkind. Borja, wie die meisten gescheiterten Geschäftsleute mit extrem schwachen Nerven ausgestattet, machte ihr Quengeln rasend und grantig. Borja war eingespannt: Er hatte eine Frau, ein lustiges Schoßhündchen, Zwischenhändler, Wechselkurse, ab und an eine schnelle Affäre, Scharmützel mit Konkurrenten und zwei Kinder. Seine Mutter hatte nur ihn. Also würde der liebe Borja die Zähne zusammenbeißen, sich den Unterarm reiben, um die imaginären Schnecken abzuschütteln, und wie immer versprechen, bald vorbeizukommen.

„Also, mein Löwenzähnchen, was ist jetzt? Bist du so lieb und bringst mir die Sachen?", fragte Olga Mykytiwna und riss ihn aus seinen Gedanken.

Abwesend lächelte Borja über das „Löwenzähnchen", kratzte sich Glatze und Bauch und versprach, ihr gegen Abend die Lebensmittel vorbeizubringen.

„Und denk dran, nimm die fette Sahne“, ermahnte ihn die Mutter, drückte auf den Knopf und legte das Handy zur Seite.

Wenn ein Mensch irgendwann in seinem Leben beschließt, sich der Literatur zuzuwenden, und wenn es sich dabei auch noch um eine so leidgeprüfte wie die ukrainische handelt, bleibt das nicht ohne Folgen für sein weiteres Leben. Wenn man sich ständig mit diesen endlosen, tragischen Heldengeschichten und diesem ewigen sozioökonomischen Sadomaso befasst, sind psychische Schäden kaum zu vermeiden. Einmal eingetaucht in den Ozean ukrainischer Bücher, erreicht man das andere Ufer nur schwerlich als gesunder und glücklicher Mensch. Gesundheit, Glück und Zufriedenheit sucht man in der ukrainischen Literatur vergebens. Dafür finden sich monumentale Werke über das komplizierte Verhältnis zur Wirklichkeit und den Kampf um hohe und unerreichbare Ideale, der sich irgendwann in den Kampf um des Kampfes willen verkehrt.

Während ihrer langen und martialischen Tätigkeit als Lehrerin für ukrainische Sprache und Literatur wurde Olga Mykytiwna Royaltschuk ständig von Traumbildern heimgesucht. Erschütternde und manchmal überaus detaillierte Bilder der Hajdamakenaufstände brachten sie um den Schlaf: Gutsherren, die an Kirschbäumen gehenkt wurden, Sensen, von denen das polnische Blut tropfte, junge Mägde, die vergewaltigt und gequält wurden, brennende Herrenhäuser, die der lokale Mob plünderte. Wenn sie mit der Straßenbahn fuhr, stand Olga Royaltschuk ein Schneeballstrauch vor Augen, auf dessen hauchdünnem Ast eine singende Nachtigall saß, und mit diesem Singen verband sich die Liebe zur ukrainischen Heimat. Olga Mykytiwna sah das darbende Pokutien zu den Zeiten Wassyl Stefanyks, den schweren Frondienst, wie ihn Schewtschenko in seinen Gemälden festgehalten hatte, das ständige Ringen um einen eigenen Staat und den verbissenen Kampf der Arbeiter für ein würdevolles Leben und soziale Absicherung. Wenn Olga Royaltschuk in einer Schlange anstand, hatte sie zukunftsfrohe Bilder vor Augen. Aus unerfindlichen Gründen sah sie im Gedränge der vom ständigen Mangel genervten Menschen den sozialistischen Realismus der Nachkriegszeit, den Wiederaufbau des Landes, die Erschaffung der frohen kommunistischen Zukunft, die detailreichen Nachrichten der *Prawda*, die vor den Augen flimmerten und konkrete Informationen zu den Errungenschaften der Landwirtschaft und des Landmaschinenbaus lieferten, wovon Olga Mykytiwna wirklich und wahrhaftig in Verzückung geriet.

Nach einem solchen Besuch im Lebensmittelgeschäft war sie heiter und sanft. Ansonsten hatte sie ihre übliche Laune, in der sie ihre verschüchterten Schüler so leidenschaftlich mit ukrainischer Literatur terrorisierte, dass selbst Kozjubynskyj, das pädagogische Urgestein, vor Neid erblasst wäre.

Die fünf Dekaden Unterricht an einer Mittelschule waren nicht spurlos an Olga Mykytiwna vorübergegangen: Jede, ausnahmslos jede Person, die vor ihr saß, betrachtete sie durch das Prisma der Bilder, die die kritische Sowjetschule hervorgebracht hatte. Sie agierte mit einem ehernen Kanon und fühlte sich selbst schon ehern und kanonisiert, zum Leidwesen aller Didaktiker, besonders aber des leitenden Methodikers und des Direktors der Schule Nummer 47.

Mit der Härte eines Generals ignorierte Pani Royaltschuk alle methodischen Handreichungen und vereitelte alle Bestrebungen, den Lehrplan im Fach Ukrainische Literatur zu modernisieren. Alle Argumente, Überzeugungsversuche und Drohungen scheiterten an ihrer eisernen Position: „Alles Quatsch mit Soße."

Hryhir Teodorowytsch, der Schulleiter, der zu ihren ersten Absolventen gehört hatte, wagte aus zwei Gründen nicht, ihr zu widersprechen. Erstens hatte er keine Ahnung, wie er jemanden, der jünger und offener war, für dieses miese Gehalt und die nervtötende Arbeit finden sollte. Zweitens hatte er schon seit Schülertagen riesen Bammel vor Olga Mykytiwna und musste sich zu seiner Schande eingestehen, dass sich daran auch nach seinem 50. Geburtstag nichts geändert hatte. Außerdem fühlte er sich von ihrem singenden „l“, wie man es in Poltawa sprach, völlig deklassiert. Diese Aussprache zeigte eine brillante Beherrschung des Ukrainischen, die für ihn als Russen – wie sehr er auch sich anstrengte – absolut unerreichbar blieb.

Er, die Schüler und die Eltern ergaben sich ihrem Schicksal. Unermüdlich und genüsslich stieß Olga Mykytiwna ihre Schüler in die klaren Quellen der ukrainischen Wortkunst.

In diesem Frühjahr kam sie zu Hryhir Teodorowytsch, nahm in seinem Büro Platz und bat um einen Kaffee und einen kleinen Kognak.

„Erlaubt das Ihr Herz denn, Olga Mykytiwna?“, fragte der Schulleiter, stellte aber dennoch die Kaffeemaschine an und überlegte, ob er noch einen guten Kognak im Schrank hatte.

„Meine Erschöpfung erlaubt es, mein Vögelchen“, antwortete Olga Royaltschuk traurig und schwieg.

Bei Kaffee und Gebäck gestand sie ihrem früheren Schüler, dass sie sehr erschöpft sei, und verkündete, sie wolle mit dem Ende des Schuljahres in Rente gehen. Sie habe, so erklärte sie, ihren Beitrag geleistet, jetzt sollten sich ruhig andere den hehren Zielen der Bildung widmen. Das Herz des Schulleiters machte einen Sprung, ein honigsüßes Gefühl strömte durch seinen Körper.

Am letzten Schultag richtete das Lehrerkollektiv für Olga Mykytiwna eine Tafel her, wie sie die Schule seit ihrem Bestehen noch nicht gesehen hatte. Der Tisch bog sich unter all den Speisen und Getränken, einige Stunden später riefen die Lehrer die Eltern der Schulabgänger an und luden sie ein, sich zu ihnen zu gesellen. Es gab so viel Hochprozentiges, dass gegen Abend sogar der Werklehrer und der Informatiklehrer – zwei stadtbekannte Schnapsdrosseln – voll auf ihre Kosten kamen. Als sie ordentlich einen in der Krone hatten, kamen sie auf die Idee, Olga Mykytiwna hochzuheben und sie zu einem heiseren und brüchigen „Hipp, hipp, hurra" hin und her zu schaukeln. Diese Nummer blieb der reputierlichen Lehrerin nur erspart, weil die Blicke der Männer auf die Biologie- und die Mathematiklehrerin fielen, die sich weinend in den Armen lagen, und weil die frisch von der Uni kommende junge Englischlehrerin betrunken die obersten drei Knöpfe ihrer Bluse aufmachte und sich an die Männer ranschmiss, um sie zu küssen. Wen sie genau küssen wollte, war allerdings unklar. Der Werklehrer verfolgte das Geschehen routiniert und lief schnurstracks in sein Fachkabinett. Unter der Drehbank hatte er einen alten tschechischen Kassettenrekorder und ein paar Kassetten, darunter ein paar Schnulzen, deponiert. Kurz darauf kam er mit einer Kassette von *The Prodigy* zurück und gab dem Informatiker eine konfuse Erklärung, deren Kernaussage *Smack my bitch up* lautete.

Plötzlich hörte man es draußen dreimal laut knallen und dann klirren. Alle rannten raus und sahen den Schulleiter Hryhir Teodorowytsch sternhagelvoll in seinem teuren Dienstanzug mitten auf der Straße sitzen und johlend in den Himmel zeigen. Dort segelten gerade die Papierreste von zwei Feuerwerkskörpern durch die Luft.

„Scheiße, verdammt, die eine Rakete, die dritte, ist in die Turnhalle geflogen! Da habt ihr was verpasst! Iwanytsch wird staunen!", grölte der Schulleiter.

Hryhir Teodorowytsch, der sich schier totlachte, fiel der Länge nach auf den heißen, berstenden Asphalt. Olga Mykytiwna wischte sich gerührt und glücklich mit einem bestickten Taschentuch die feuchten Augen. Die Englischlehrerin hatte im Schutz der Dunkelheit endlich ein paar gefügige Lippen gefunden, die offenbar der Mathelehrerin gehörten. Iwanytsch, der verwahrloste Wachmann, der in der Kleiderkammer neben der Turnhalle hauste, fing an diesem Abend an zu stottern.

Olga Mykytiwna Royaltschuks Verabschiedung bekam eine Eins mit Sternchen.

***

Gerädert von dem heißen Tag, döste Olga Mykytiwna vor sich hin. Immer noch spukten Bilder aus Büchern durch ihre Träume, waren aber von anderen Motiven geprägt. Sie sah Näherinnen und Landarbeiterinnen, Kosaken und Nymphen, die inzwischen Ruhe und Frieden gefunden hatten. Sie saßen auf Bänken unter Palmen und ließen den Sand der Kapverdischen Inseln durch ihre Zehen rieseln, sie tranken Cocktails aus hohen Gläsern, und die Sonne, die irgendwo am Horizont versank, schickte ihre milden Strahlen auf ihre faltigen und glücklichen Gesichter. Woher dieses Bild in ihrem Unterbewusstsein kam und warum sie sich so sicher war, dass es sich um die Kapverden handelte, konnte sie nicht sagen. Sie wusste es einfach und fertig.

Jetzt träumte sie etwas ganz Ähnliches. Ein bulliger, von Narben übersäter Kosake saß am Meer und schlürfte ein buntes Getränk. Er schaute auf das klare Wasser, lauschte dem Rauschen der Palmblätter und berührte seine vernarbten Wunden. Sein krummer Säbel, den er auf einem Feldzug gegen die Türken erbeutet hatte, steckte im Sand, sein Schatten wanderte und wurde immer länger.

Plötzlich ertönte ein schrilles metallisches Scheppern. Der Kosake griff unter die Bank und holte seinen alten Wecker hervor. Er drückte auf einen Knopf, und das Scheppern hörte auf. Kaum hatte er den Wecker fortgeschleudert, schellte er erneut.

Pani Royaltschuk öffnete die Augen. Das schrille, lästige Scheppern hielt an. Sie blickte sich um, sah aber nirgends einen Wecker. Sie rieb sich die Augen und merkte, dass das Klingeln von der Tür kam.

„Gleich, Borja, mein Goldschatz, ich bin gleich da!“, rief sie in Richtung Flur.

Olga Mykytiwna öffnete sofort, ohne durch den Spion zu blicken, das Klingeln hörte auf, aber nicht Borja stand draußen. Vor der Tür standen zwei hünenhafte Handwerker in sauberen Blaumännern, gleiche Figur, gleiche Gesichtszüge. Der eine war glattrasiert, der andere hatte einen gepflegten Drei-Tage-Bart. Der Bärtige hatte ein Köfferchen dabei.

„Wer sind Sie denn?“, fragte Olga Mykytiwna erschrocken.

„Haben Sie den Klempner gerufen?“, stellte der Bärtige die Gegenfrage.

„Ja, habe ich, na klar. Weil der Wasserhahn ist die Woche kaputtgegangen.“

„Wir sind die Klempner“, sagte der Glattrasierte.

„Seit wann kommt denn ein Klempner samstags um drei?“ Misstrauisch schaute Olga Mykytiwna auf die Wanduhr, dann wieder auf das Männerduo an der Tür.

„Also, Oma, glauben Sie vielleicht, wir haben nichts Besseres zu tun, als Samstagmittag in fremden Wohnungen rumzurennen und noch dazu bei dieser Hitze diese furchtbaren synthetischen Anzüge zu tragen?“

Olga Mykytiwna musterte die beiden und trat einen Schritt zur Seite, um sie einzulassen.

„Von wegen Oma“, wies sie den Bärtigen gutmütig zurecht.

Die beiden Männer betraten die Wohnung, liefen durch den Korridor und blieben vor dem Badezimmer stehen.

„Hier?“, fragten sie.

„Nein, nein, meine Vögelchen, in der Küche.“

„Alles klar.“

Schon wenige Minuten später hatte der Glattrasierte den Wasserhahn auseinandergeschraubt und hantierte am Waschbecken. Der Bärtige reichte ihm das Werkzeug. Sie arbeiteten schweigend, ein eingespieltes Team. Der Bärtige schaute sich um. Die Küche war kürzlich erst renoviert worden und hatte eine moderne und praktische Einrichtung.

Sie passte überhaupt nicht zur Frau des Hauses, diesem alten, verhutzelten Weib.

„Leben Sie hier allein?“, fragte er Olga Mykytiwna.

„Ja, allein, mein Bester. Das ist vielleicht langweilig, kann ich dir sagen. Früher hatte ich zumindestens meine Arbeit, aber jetzt bin ich dauernd zu Hause. Da kriegst du ’nen Knall. Und dann auch noch diese Hitze, ich komm ja gar nicht raus. Da habe ich heute ebend meinen Borja angerufen, also, das ist mein Sohn, und hab ihm gesagt, dass er einkaufen gehen soll, ich kann das nicht schleppen, hab ich zu ihm gesagt, und dann noch diese Hitze, das geht nicht, in keinster Weise.“

„Und?“, wollte der Bärtige wissen.

„Was – und? Erst hat er rumgemault, dann hat er ja gesagt. Bleibt ihm ja nichts weiter übrig, ich bin ja seine Mutter.“

„Na ja.“

„Ja, und jetzt warte ich drauf, dass er kommt und die Einkäufe vorbeibringt. Außer Tee kann ich euch gar nichts anbieten, Jungs, ich hab nichts anderes da.“

„Danke, wir haben gar keinen Hunger", rief der Bärtige vom Waschbecken.

„Brauchst du noch lange, Mischa?", fragte ihn sein Kumpel.

„Nö, Viertelstunde vielleicht."

„Soll ich dann schnell noch für die Oma einkaufen gehen? Du brauchst mich doch eigentlich nicht, und wer weiß, wann dieser Borja endlich aufkreuzt. Hier gibt's doch sicher einen Laden, oder? Soll ich Ihnen die Sachen schnell holen?", fragte er Olga Mykytiwna.

Gerührt schaute Olga Mykytiwna den Bärtigen an und willigte sofort ein. In zwei Minuten hatte sie den Einkaufszettel geschrieben, der viel kürzer ausfiel als der, den sie am Morgen Borja diktiert hatte, und gab dem Klempner Geld.

„Wie heißt du denn, mein Vögelchen?", fragte sie ihn, während er die Liste las und sich die Schuhe anzog.

„Pascha. Und Sie?"

„Olga Mykytiwna Royaltschuk. Ich war Lehrerin, hab ukrainische Sprache und Literatur unterrichtet."

„Olga Mykytiwna, wofür brauchen Sie denn den Wodka, wenn ich mal fragen darf?", rief er und tippte auf den Zettel. „Für uns? Wir trinken eigentlich nicht."

„Ach, den brauch ich für meine Altweibersachen", sagte sie ausweichend. „Vergess ihn ja nicht, mein Vögelchen."

„Nein, nein."

Pascha zog die Tür hinter sich zu, seine Schritte hallten durch den Flur.

***

Eine Viertelstunde später war Mischa tatsächlich fertig. Er drehte den Hahn auf und prüfte, ob es auch nirgends tropfte. Dann wischte er mit einem trockenen Lappen das bespritzte Waschbecken aus. Er schrieb für Olga Mykytiwna eine Quittung und steckte das Geld in die Brusttasche.

In der Zwischenzeit machte Pani Royaltschuk Tee, kramte aus der hintersten Schublade Gebäck und Pralinen hervor und häufte sie in einen tiefen Teller. Sie bat den Gast ins Wohnzimmer, bot ihm einen Sessel an und setzte sich ihm gegenüber aufs Sofa.

„Pascha kommt sicher gleich", sagte sie.

Mischa nickte kauend. Es war ihr letzter Termin heute, sie hatten es nicht eilig, und er fand die Oma nett. Auch ihre Wohnung mochte er, ja sogar den billigen Tee und das ranzige Gebäck. Es erinnerte ihn irgendwie an seine Kindheit.

„Früher habe ich mal von einer Bücherwand geträumt", sagte er und deutete auf die Regale. „Die von oben bis unten mit Büchern vollgestellt ist."

„Ein schöner Traum. Liest ja heute keiner mehr von den jungen Leuten, und in der Schule, alles Pfeifen. Keine Lust, fertig, aus."

„Schule ist ja was anderes, Olga Mykolajiwna. Wie wichtig Bücher sind, versteht man doch erst, wenn man erwachsen ist."

„Mykytiwna", verbesserte ihn die Lehrerin, „ich heiße Olga Mykytiwna. Royaltschuk."

„Oh, Entschuldigung." Mischa knisterte mit dem Pralinenpapier. „Ich habe es nicht richtig gehört."

„Macht nichts."

„Also in der Schule habe ich auch nicht gern gelesen. Ist aber schon lange her. Ich bin ja auch nicht mehr ganz jung. Gehe schon auf die vierzig zu. Da sehe ich manches anders als früher und mag Sachen, die ich in der Schule einfach nur doof fand."

„Das ist immer so", sagte Olga Mykytiwna, als verkünde sie eine ewige Weisheit.

„Haben Sie Royaltschuk gesagt?“, fragte Mischa nach.

„Ja, das ist mein Familienname.“

„Kein richtiger ukrainischer Name, oder?“

„Vorsicht, Vorsicht, junger Mann! Das ist eine sehr spannende und lehrreiche Geschichte. Die Geschichte meiner Ahnen.“

„Ach, wie interessant!“, rief Mischa höflich und zugleich verzweifelt.

Wie jedem, der häufiger mit älteren Menschen zu tun hat, war ihm sofort klar, dass er gerade gründlich danebengehauen, dass er sich vertan hatte und versehentlich auf eine Mine getreten war. Jetzt stand ihm eine endlose Erzählung bevor, die Pani Royaltschuk schon auf der Zunge lag und die er, weil er gut erzogen war, natürlich nicht unterbrechen konnte. Es blieb nur zu hoffen, dass Pascha nicht allzu lange anstehen musste, bald mit den Einkäufen zurück war und ihn von dem Vergnügen erlöste, der entfesselten Olga Mykytiwna weiter zuhören zu müssen.

„Also, die Geschichte ist folgende“, holte Olga Mykytiwna aus, „im 11. Jahrhundert vermählte Jaroslaw der Weise seine Tochter Anna mit einem französischen Prinzen. Unter uns gesagt war Frankreich damals viel schlimmer wie heute. Alles verlaust und verlottert, aber man sprach Französisch und wollte hoch hinaus. Anna kam nach Frankreich, hat gesehen, wie's bei denen so zugeht, und ist fast verrückt geworden. Sie ließ sich aus Kiew eine Badewanne schicken, diese Barbaren haben sich ja nie gewaschen, und solche Raffinessen wie Badewanne oder Seife kannten die noch nicht mal vom Hörensagen. Sie hat sich also die Wanne schicken lassen und noch ein paar Bücher, damit ihre Bildung nicht völlig flöten geht, verstehst du?“

„Ja“, rang sich Mischa ab, der nicht im Traum darauf gekommen wäre, dass man für den eigenen Stammbaum so weit zurückgehen konnte.

„Anna hat sich also gewaschen und den Leuten dort ein bisschen Kultur beigebracht, dann ist der König gestorben, aber sein Sohn, Annas Mann also, war ein Jammerlappen und eine Memme. So musste Anna die Ärmel hochkrempeln und das Land aus dem Dreck ziehen. Als Königin. Bis ans Ende ihrer Tage hat sie damit zugebracht, und einen Haufen Kinder hat sie mit diesem Franzosen gekriegt. In politischen Dingen war der keine große Leuchte, aber dafür klappte es mit den Frauen umso besser, was ihm den Spitznamen *Karnickel* eintrug. So steht's in den Chroniken. Genau. Sie hatten also eine ganze Schar Kinder in die Welt gesetzt. Nun kann natürlich nicht jeder Spross König oder Königin werden, aber immerhin waren sie alle adlig. Und seitdem gibt's in der französischen Oberschicht eine ukrainische Linie. Das Blut von diesem Karnickel, das hat ja nichts getaugt, was konnte der schon groß weitergeben? Aber Anna, die war eine richtige Königin. Vornehm, gepflegt, belesen. Damals wussten alle, dass das französische Königsgeschlecht aus Kiew stammt. Und so gingen die Jahrhunderte dahin." Olga Mykytiwna wagte einen Kunstgriff, und Mischa fiel fast vom Stuhl. „Unser Geschlecht, das ukrainische, Annas Nachkommen, haben in den Kreuzzügen mit ums Heilige Grab gekämpft, die ganze Welt kannte sie als kühne Ritter, im Hundertjährigen Krieg haben sie die Engländer das Fürchten gelehrt, bei Cressat und vor Paris, beinahe hätten sie sogar Jeanne d'Arc gerettet, also, die haben die Franzosen ganz schön auf Trab gehalten. Und alle haben gewusst, dass das Ukrainer waren, die waren furchtbar geachtet. So ging das mehrere Jahrhunderte lang. Irgendwann kam die Französische Revolution. Sturm auf die Bastille, kein Stein blieb auf dem anderen, den König haben sie guillotiniert, die Lumpen, und die Adeligen abgeschlachtet, diese Habenichtse. Da wurde viel edles Blut vergossen, einige Adelsgeschlechter, deren

Stammbäume bis in Annas Zeit zurückreichten, wurden richtiggehend ausgerottet. Einige ukrainische Adelsfamilien haben überlebt, sie sind emigriert. Die meisten sind in Europa geblieben, in Flandern, Spanien, Griechenland. Manche sind auch über den großen Teich, nach Argentinien und Brasilien. Und der Einzigste, der auf alles gepfiffen hat, ist mit seiner Frau und den Kindern ins Russische Reich geflohen. Die Familie hat sich in der Gegend von Poltawa niedergelassen, in der Nähe von Myrhorod. Sie hießen Royal. ‚Königlich' heißt das auf Französisch. Ein Hinweis auf die adelige Herkunft, weißt du."

„Ach so", sagte Mischa und schöpfte Hoffnung, als er merkte, dass zwischen der Französischen Revolution und heute nur zweihundert Jahre lagen, das Ende der Geschichte also bald kommen musste.

„Jedenfalls hat dieser Royal lustig und munter gelebt. Leider nicht besonders lange. Irgendwann ist mir nichts dir nichts Napoleon mit seiner Armee eingerückt. Wieder Krieg, wieder Scherereien. Der Royal wollte einfach seine Ruhe haben, und nun ging's zwischen den Russen und Franzosen hin und her, wir brauchen dich, du bist doch einer von uns, hieß es hüben wie drüben. Doch er hat sich freigekauft. Danach hatten die Nachfahren der ukrainischen Königin noch mal hundert Jahre Ruhe. Bis zur Russischen Revolution. Dann kam der Bürgerkrieg, das alte Lied. Und wieder gingen die Schikanen los. Jedem passte irgendwas nicht. Den einen, dass sie keine Russen waren, den anderen dass sie kein Ukrainer waren, den Dritten, dass sie Bourgeois waren, für die Vierten waren sie Ausbeuter, die Fünften hielten sie für Juden, wie wären sie sonst zu so viel Geld und dem ganzen Land gekommen? Einer schlimmer wie der andere. 1919 haben die Roten Myrhorod besetzt und den Royal und seine Frau erschossen. Die Kinder wurden in ein Umerziehungslager gesteckt. So war das."

„Und dann sind Sie seine Tochter, oder wie?", fragte Mischa und atmete auf.

„Bist du bescheuert? Sehe ich aus, als wäre ich Jahrgang 1919?", empörte sich Olga Mykytiwna.

„Oh, Entschuldigung, da habe ich mich vertan. Sie sind ja dem Aussehen nach noch nicht mal fünfzig, und ich wollte Ihnen hundert aufbrummen."

„Speichelschlecker", sagte Pani Royalschuk lächelnd, und dem Klempner rutschte das Herz in die Hose. „Erst überlegen, dann reden. Ich bin die Enkelin vom Pferdeknecht der adeligen Familie. Als die Roten die Royals erschossen hatten, haben sie den ganzen Dienern Familiennamen gegeben, die von *Royal* kamen: Royaltschuk, Royalski, Royalenko. Einen Georgier haben sie sogar Royaleschwili genannt."

„Total spannend!"

„Eben. Das Leben ist wirklich eine spannende Sache, Mischa."

„Und was ist jetzt lehrreich an der Geschichte?", fragte der Klempner nach einer kurzen Pause.

„Wie?" Olga Mykytiwna wusste nicht, worauf er hinauswollte.

„Na, Sie haben doch zu Beginn gesagt, die Geschichte wäre spannend und lehrreich."

„Ach so. Ja. Also: Wenn du einen edlen, adligen Familiennamen willst, musst du dich bei den richtigen Leuten verdingen", erklärte die Lehrerin.

***

Pascha hatte die zwei Geschäfte in der Nähe aufgesucht und die Einkäufe in einer knappen Viertelstunde erledigt. Außer der fetten Sahne hatte er alles bekommen und machte sich auf den Rückweg. ‚Die Oma wird es überleben', dachte er und trottete zurück.

Im Erdgeschoss, links neben der Tür, in der das riesige Loch klaffte, das eigentlich nur von einem Geschoss stammen konnte, standen zwei krasse Gestalten. Eine schrill geschminkte, wasserstoffblond gefärbte Alte in einem neongrünen Sackkleid lehnte an der Schulter eines Penners, der ein Fleischerbeil in der Hand hielt. Pascha wollte sich unbemerkt an ihnen vorbeischleichen, aber der Typ vertrat ihm den Weg.

„Hey, hast du mal 'ne Kippe?", haute er den Klempner an.

„Oben", antwortete Pascha kurz und versuchte, an dem Typen vorbeizukommen.

„Was faselst du hier, Meister, wieso denn oben? Du gehörst doch nicht zum Haus, du wohnst doch gar nicht hier."

„Ich arbeite. Wir reparieren einen Wasserhahn", erklärte er ruhig.

„Und bei wem?"

„In der 18."

„Ach, bei der Royaltschuk?"

„Genau, bei der", sagte Pascha, ohne weiter ins Detail zu gehen, und wäre fast vorbei gewesen.

Doch der Alte presste Pascha blitzschnell gegen die Wand, was man dieser abgewrackten Gestalt gar nicht zugetraut hätte, und hielt ihm das Fleischerbeil an den Hals. Pascha merkte sofort, dass der Alte es ernst meinte, der scherte sich nicht weiter um seinen Hals, der Stiel drückte ihm die Luft ab.

„Die Royaltschuk ist bekloppt, die erzählt allen, sie wäre von Adel, wegen ihrem Namen, der wäre Französisch. Dabei wissen wir hier alle, dass sie eigentlich Krutschenko heißt. Ihr Vater, der war hier früher Parteisekretär, hat den Spitznamen gekriegt, als er sich mal bei einem Parteikongress überfressen und auf den Flügel *Royale* in der Aula gekotzt hat. Und ihr hat er diesen Adelsschwachsinn aufgetischt. Kapiert?"

„Was denn für ein Flügel? Vielleicht war das ein Klavier? Wo hätte da denn ein Flügel herkommen sollen, in der Aula auf dem Parteikongress?“ Über dieser frappierenden Information hatte Pascha das Fleischerbeil an seinem Hals beinahe vergessen.

Plötzlich fühlte er, wie etwas Rundes, Stinkendes und Kaltes gegen seine Schläfe gedrückt wurde. Pascha schielte nach links. Die Alte hielt ihm ein Gewehr an den Kopf, Gott weiß, wo das jetzt wieder herkam.

Pascha bäumte sich auf, aber das Gewehr bohrte sich schmerzhaft in sein Jochbein, und das Fleischerbeil schnürte ihm die Luft ab.

„Was soll denn das?“, krächzte Pascha, der immer noch hoffte, man könne sich im Guten einigen, obwohl die zwei Irren nicht danach aussahen, als hätten sie großes Interesse an einer friedlichen Lösung.

„Wenn du stillhältst, Meister, passiert dir gar nichts“, erklärte der Typ mit dem Beil.

„Genau“, sagte die Alte und schielte auf den Beutel, den der Klempner in der Hand hielt.

„Wir wollen dir doch nicht wehtun, wir dachten, dass du vielleicht was mit uns trinkst.“

„Und was?“

„Na, Wodka, Meister.“

„Ach, ihr habt Wodka?“

„Nein, aber du hast welchen“, klärte ihn der Alte auf.

Er lockerte die Sperre an Paschas Hals, Pascha blickte nach unten und sah, dass die Wodkaflasche aus seinem Beutel hervorschaute.

„Der gehört mir nicht.“ Pascha wurde langsam kribbelig.

„Ich glaube, du hast den Ernst der Lage nicht ganz erfasst, mein Schnuckelchen“, sagte die Alte und tippte ihm mit dem Gewehrlauf gegen die Stirn.

„Wirklich?“, rief Pascha.

„Wirklich, mein Häschen. Lass die Faxen! Hol den Wodka raus und trink einen mit uns!"

„Und wenn nicht?"

„Wenn nicht, dann knall ich dir die Rübe weg, du Trottel."

Kurze Pause, die Alte bewegte ihre Finger, es klickte, und Pascha begriff, dass es keinen Sinn hatte, sich weiter mit den beiden anzulegen.

Pascha stand weder auf Wodka noch auf diese bizarre Gesellschaft. Sie tranken schweigend, ohne Imbiss und ohne etwas zum Nachspülen. Der Wodka war warm und absolut ekelig. Pascha spürte, wie es ihn umhaute – bei dieser Hitze und auf nüchternen Magen, doch die Anspannung und die Zurückhaltung waren plötzlich weg. Nach dem dritten Glas fand er die beiden ziemlich nett, und das, obwohl der Mann plötzlich in der Wohnung mit der zerschossenen Tür verschwand, während die Frau sitzen blieb und ihn weiter in Schach hielt. Der Alte kam mit einer neuen Flasche Wodka zurück und schenkte wieder aus. Jetzt trank Pascha, der schon völlig blau war, viel und freiwillig. Während die beiden Alten absolut trinkfest waren, konnte Pascha kaum noch sprechen. Der Alte ging noch einmal in die Wohnung und holte eine letzte Flasche. Die leerten sie ohne Gläser, in großen Zügen. Als sie fertig waren, verschwanden die Alten.

Pascha schloss benebelt und müde für ein paar Minuten die Augen, und als er sie wieder aufschlug, waren der Typ mit dem Beil und die Alte mit dem Gewehr nicht mehr da. Aus der Wohnung, vor der er saß, dröhnte grauenvolle Musik. Pascha fluchte, stand auf, hob ans Geländer geklammert den Beutel auf und kroch nach oben, zu seiner Klientin.

***

Geschlagene drei Stunden hörte Mischa Olga Mykytiwna nun schon zu, er war außer sich vor Ärger. Pascha war verschwunden, der angekündigte Borja tauchte auch nicht auf, und Pani Royaltschuk kam vom Hölzchen aufs Stöckchen. Endlich hörte er draußen schwere Schritte, jemand hämmerte gegen die Tür.

Mischa stürzte in den Flur, und als er geöffnet hatte, fiel ihm der sturzbesoffene Pascha vor die Füße. Er brachte kein Wort heraus, brabbelte irgendwas und drückte der Frau des Hauses den Beutel mit den Lebensmitteln in die Hand. Olga Mykytiwna schaute ihn erschrocken an.

„Pascha, Pascha! Alles in Ordnung? Wo bist du denn so lange gewesen?", fragte sie und schaute ihm in die glasigen Augen.

Pascha konnte sich kaum auf den Beinen halten und lehnte sich gegen die Wand, trotzdem setzte er zu einer Erklärung an:

„Der der der der ..."

„Wie? Was hast du denn, mein Vögelchen?"

„Der der der Wodka ist alle", brachte er endlich heraus, dann sackte er zusammen.

Mischa fasste ihn unter, entschuldigte sich bei Olga Mykytiwna, wünschte ihr alles Gute, zog seinen Kumpel ins Treppenhaus.

„Mein Gott, was ist bloß los, so ein stattlicher Mann und besäuft sich derart", schimpfte Pani Royaltschuk, als sie die Tür geschlossen hatte.

Mischa hatte Pascha inzwischen die Treppe hinunter geschleppt und auf der Wiese vorm Haus abgelegt. Schnarchend und schmatzend schlief Pascha seinen Wodkaschlaf. Mischa setzte sich neben ihn und rief ein Taxi.

Vor der Tür hielt ein rotes West-Auto, ein drolliger Dickwanst stieg aus, rannte zum Kofferraum, holte ein paar bis obenhin vollgepackte Einkaufstüten heraus und ging ins Haus. ‚Diese Säufer', dachte er, als er an Pascha und Mischa vorbeilief, ‚wie kann man sich nur so die Kante geben, dass man zusammenklappt?'

Im Erdgeschoss fiel ihm das gigantische Loch in der Wohnungstür der Labuha ins Auge. Vorsichtig lehnte er die Tüten gegen die Wand, ging zur Tür und blickte durch das Loch. Sofort kam der Holzfäller an, sein Beil in der gewohnten Art geschultert.

„Hallo, was gibt's? Wer da?" Dann erkannte er den Dickbauch. „A-a-a-a, Borja. Grüß dich! Hast du mal 'ne Kippe?"

## Wohnung 19
## Good bye, Lenin!

Jeder, der mit Firman befreundet ist, weiß ganz genau: Wenn er abends nach neun anruft, hat er wichtige Neuigkeiten, dann ist wirklich etwas passiert. Und dass Firman die Neuigkeiten keinesfalls am Telefon verkünden, ja, noch nicht einmal andeuten wird, ob die Nachrichten positiv oder negativ sind, weiß auch jeder. Er legt einfach auf und wartet, bis derjenige, den er angerufen hat, zu ihm kommt, und sollte das arme Schwein dafür quer durch die Stadt laufen müssen.

Lima hatte sich schon darauf eingestellt, vierzehn Kilometer zu Fuß zu gehen, wie er auf Google Maps herausgefunden hatte. Firman hatte ihn nach Mitternacht angerufen, da lag er schon im Bett. Um diese Zeit fuhr in Makijiwka nichts mehr, von einem Bus konnte er nur träumen. Lima zog sich an, lud seinen MP3-Player auf, horchte bei einer Zigarette auf dem Balkon in die nächtliche Stille und betrachtete die Lichter des nahen Kraftwerks, dann verließ er das Haus.

Er schaltete die Musik ein, lief quer durch die Höfe bis zur Hauptstraße und sah eine verspätete Marschrutka vom Busbahnhof aus auf sich zukommen. Er lächelte, hob die Hand, und kurz darauf schaukelte er weich im dunklen Fahrgastraum davon. Ein Linientaxi mitten in der Nacht war ein Glücksfall, das wusste Lima, der das nächtliche Makijiwka schon viele Male aufs Geratewohl von einem Ende zum anderen durchquert hatte. Er freute sich riesig, dass er auf diese Weise Kraft und Zeit gespart hatte.

Schon eine halbe Stunde später war Lima da. Firman wohnte in einem sehr ruhigen und grünen Stadtteil, unweit des Bahnhofs und wilder Obstwiesen, wo früher eine Wochenendsiedlung gestanden hatte. Firmans Haus, ein respektabler solider Stalin-Bau, gefiel Lima. Das Haus war groß und schon relativ alt, die Leute lebten in der vierten Generation hier. Jeder kannte jeden, auf Außenstehende wirkten die Bewohner wie eine große, weit verzweigte, wenn auch nicht immer harmonische Familie. Ging jemand aus dem eigenen Kreis verloren, konnten die Mitbewohner das nur schwer verwinden oder vergessen, war jemand neu oder fremd, zeigten sie sich reserviert.

Lima wollte nicht dazugehören, obwohl er schon gut und gerne fünfzehn Jahre im Haus aus und ein ging und die ganzen verwickelten Beziehungen der Bewohner fast besser durchschaute als sie selbst. Die Hofkatzen rieben sich zutraulich an seinen Armen, bei den Verkäuferinnen in den umliegenden Kiosken konnte er anschreiben lassen, die junge Blumenhändlerin aus dem dritten Stock schnorrte von ihm hin und wieder eine Zigarette, und die Frauen riefen ihn regelmäßig als Zeugen oder Beistand an, wenn sie sich mal wieder gezankt hatten. Lima gehörte nicht dazu, er beobachtete das Geschehen aus der Ferne, wie man Fliegen im Glas beobachtet. Er fühlte sich fremd, nicht dazugehörig, und weil er wusste, wie sensibel und fragil Systeme wie diese waren, hatte er große Angst, ihr Gleichgewicht zu stören.

Lima stieg in den zweiten Stock hinauf. Um keinen unnötigen Lärm zu machen, klingelte er nicht, sondern klopfte nur leise an Firmans Tür. Der öffnete sofort, als hätte er auf der anderen Seite Wache gehalten. Beim ersten flüchtigen Blick in Firmans Gesicht war Lima klar, dass nichts Schlimmes passiert war – sein Freund strahlte vor Glück, das Adrenalin zerriss ihn förmlich. Wortlos lief Lima an Firman vorbei in die Küche, aus der zwei gedämpfte Stimmen drangen. Firman verriegelte alle Schlösser an der Tür und schaute durch den Spion, um sich zu vergewissern, dass niemand auf der Treppe herumgeisterte, dann hüpfte er Lima ungeduldig hinterher.

Als Lima in die Küche kam, fiel sein Blick auf Jack und Romka, die vor Glück und Euphorie grienten wie Speckschwarten. Er kapierte nichts, drehte sich zu Firman um, aber der schwieg vielsagend.

„Jetzt reicht's aber. Was ist denn eigentlich passiert?" Lima erhob ein wenig die Stimme, es nervte ihn, wenn vor ihm Theater gespielt wurde.

„Fällt dir nichts Neues hier in der Küche auf?", fragte Firman beschwingt.

„Hast du einen neuen Kühlschrank oder wie?", murmelte Lima und schaute sich in dem vertrauten Raum um.

Jack und Romka brachen in schallendes Gelächter aus, und erst als Lima genauer hinschaute, klappte ihm die Kinnlade herunter wegen dem, was er da sah. Auf dem schäbigen Küchentisch, auf dem Fußboden darunter, auf dem Fensterbrett, vor Jack lagen Bündel von Geldscheinen, riesige Berge.

„Was ist das denn, Kohle?" Lima traute seinen Augen nicht.

„Genau, Kohle, Alter! Haufenweise Kohle!" Firman schlug dem Freund auf die Schulter und machte sich am Herd zu schaffen, um seinem Freund einen Kaffee zu kochen.

„Und wo kommt die ganze Knete her?"

„Das glaubst du im Leben nicht!", rief Firman triumphierend.

„Hast du eine Arbeit gefunden? Bist du jetzt bei Naftogas? Oder wie?"

„Sehr witzig."

„Hast du die Tochter eines Oligarchen geheiratet?"

„Wieder daneben!"

„Du hast einen Kredit aufgenommen?"

„Nein, wie kommst du denn darauf?“

„Habt ihr etwa eine Bank ausgeraubt? Voll krass!“

„Alter, du kommst nicht drauf.“

„Woher habt ihr dann das Geld?“, fragte Lima verwirrt und versuchte abzuschätzen, wieviel Bargeld das ungefähr sein mochte.

„Wir haben Lenin runtergeholt“, verkündete Firman nach einer theatralischen Pause.

„Ach, schon wieder?“, fragte Lima gehässig. „Das haben wir doch schon letztes Jahr gemacht, könnt ihr euch noch erinnern?“

Jack und Firman verzogen gequält das Gesicht, als hätten sie Zahnschmerzen. Natürlich erinnerten sie sich. Die Aktion würde ihnen bis ans Ende aller Tage im Gedächtnis bleiben.

Der Lenin in ihrem Stadtteil stand ruhig und unauffällig da. Er war silberfarben angestrichen und vier Meter hoch. Er störte keinen weiter, und kaum jemand nahm an seinem Dasein Anstoß. Sogar die Priester der orthodoxen Kirche, die etwa dreißig Meter hinter Iljitsch stand, schienen ihren Frieden mit ihm gemacht und ihm alles vergeben zu haben, was er seinerzeit den Kirchenmännern angetan und anzutun aufgetragen hatte. Firman war der Einzige, der Lenin noch nicht vergeben hatte. Er hatte mit dem Führer des Weltproletariats noch eine Rechnung offen, die außer ihm keiner verstand. Es hatte was mit dem Bürgerkrieg und Firmans Familie zu tun. Lima stieg da nicht durch, Lenin war ihm schnurz, er empfand nichts für ihn, und deswegen waren für ihn Firmans permanente Aufrufe, das Denkmal zu schänden, nichts als gewöhnlicher Vandalismus, ohne jeglichen ideologischen Firlefanz.

Im letzten Jahr, es musste etwa um dieselbe Zeit gewesen sein, irgendwann im Juli, hatte Firman Lima, Jack,

Romka und einen weiteren Freund, einen Tschekisten, endlich so weit, dem Denkmal zu Leibe zu rücken. So wie heute saßen sie bei Firman zusammen, und er verkündete seinen Plan, der simpel war wie ein primitiver Hocker: Er wollte ein Seil um Lenin schlingen, das freie Ende an seinem Lada befestigen, Gas geben – zum Glück schaute Lenin auf eine lange, gerade Straße – und mit einem ordentlichen Ruck den großen Revolutionär vom Sockel holen. Der Tschekist fand, das sei der dämlichste Plan, den er je im Leben gehört hätte, woraufhin ihn alle anderen einstimmig als Arschloch bezeichneten. Der Tschekist war eingeschnappt, machte aber trotzdem mit.

Die ganze Sache dauerte nicht länger als fünf Minuten: Romka und Lima legten Lenin die Schlinge um. Jack stand neben dem Lada, und der Tschekist befestigte – als praktizierender Autoschlosser – das freie Ende des Seils am Abschlepphaken. Firman setzte sich hinters Steuer und rauchte fertig. Als erster nahm Lima den Daumen hoch, dann gab der Tschekist sein Okay, Firman bekreuzigte sich und gab Gas.

Der Tschekist gestand erst gegen Morgen, als sie ihn schlugen. Er gestand, nicht nur ein Idiot, sondern auch Kommunist zu sein, obwohl er den Unterschied zwischen dem einen und dem anderen nicht erklären konnte und erst recht nicht wusste, was die Kommunistische Partei der Ukraine, für die er bei jeder Wahl stimmte, mit dem Kommunismus zu tun hatte. Als Kommunist, sagte er, könne er einen Anschlag auf das Denkmal seines geistigen Führers nicht unterstützen. Also hatte er die Aktion sabotiert und das Seil nicht am Abschlepphaken, sondern an der Hinterachse befestigt.

Als Firman auf der Straße Gas gab, spannte sich das Seil und fetzte dem Lada, ehe es riss, die Hinterachse samt den Rädern weg, das demolierte Auto knallte mit dem Fahrer am Steuer mit Karacho gegen eine Kastanie am Straßenrand. Es fing an zu qualmen, Lima und Jack kamen panisch angerannt und zogen den schwer verletzten Firman heraus, der hysterisch lachend um sich schlug. Genauso hysterisch lachte der Tschekist. Lenin stand ungerührt auf seinem Sockel und sah zu.

Firman lag bis zum Herbst im Krankenhaus. Die Wunden und Knochenbrüche verheilten, die Idee, Lenin zu stürzen, wurde zu einer wahren Obsession. Das Auto war futsch, und wie man Sprengsätze herstellte, wusste er nicht, zudem hätte er sich in dem dichtbesiedelten Stadtteil auch nicht getraut, einen zu zünden. Er brütete über seinen Ideen und schwieg.

„Und ob ich mich daran erinnere", brummte Firman. „Aber dieses Mal hatten wir keinen Saboteur dabei, deswegen hat's geklappt."

„Super, gratuliere. Und wie habt ihr das angestellt?"

„Wir waren um die zwanzig Mann, jeder hatte ein Seil. Die Seile haben wir Lenin um den Hals gelegt und dann gemeinsam gezogen. Es hat keine Minute gedauert, da hatten wir ihn."

„So schnell?", wunderte sich Lima.

„Ja, es war ganz einfach. Und dabei ist er nicht mal kaputtgegangen. Spezielles Material, extraleicht und stabil."

„Und dann?"

„Nichts weiter. Wir haben ihn liegenlassen", erklärte Firman.

„Und wo habt ihr das Geld her? Vom State Department?"

„Deine Witze sind heute einfach göttlich", rief Firman ironisch.

„Die Kommunisten haben da drin ein Versteck. Kannst du dir das vorstellen? Sie haben da drin ihr Geld aufbewahrt, ihre Parteikasse gelagert", rief Jack.

„Wo drin?"

„Na, unterm Lenin. Kaum war er umgefallen, sind alle gleich weggerannt und haben nicht mal ihre Seile mitgenommen. Nichts wie weg. Wir drei sind noch dageblieben und auf den Sockel geklettert. Und da haben wir eine Öffnung entdeckt, vielleicht einen Meter breit“, erklärte Firman.

„Und ungefähr einen Meter tief oder sogar ein bisschen mehr“, fügte Jack hinzu.

„Und da war lauter Geld drin.“

Lima stieß einen erstaunten Pfiff aus. Er hätte die Geschichte für erstunken und erlogen gehalten, hätte er nicht seine mehr oder weniger unbemittelten Freunde vor sich gesehen, die jetzt im Geld schwammen. Er blickte in ihre zufriedenen Visagen und dachte an das Intro zur Serie *Duck Tales – Neues aus Entenhausen,* in dem Dagobert Duck in seinen mit Goldmünzen und Banknoten prall gefüllten Geldspeicher kam und von einem Sprungbrett ins Geld sprang. Lima stellte sich einen Moment lang vor, wie seine Freunde im Geld badeten, und zum ersten Mal in seinem Leben schien ihm diese Vorstellung nicht irreal oder abwegig.

„Und wieviel ist das da?“, wollte er wissen.

Romka, der bis zu diesem Moment geschwiegen und in einem Notizheft viele Zahlen aneinandergereiht hatte, räusperte sich, blätterte, starrte auf die Zahlenreihen, als wollte er prüfen, ob er auch nichts durcheinandergebracht oder gar vergessen hatte, und verkündete dann in feierlichem Ton:

„Eine Million achthundertachtzehntausendfünfhundert Hrywnja! Überwiegend in Hundertern und Zweihundertern.“

„Nicht schlecht! Fast zwei Millionen?“ Firman hüpfte förmlich auf seinem Stuhl auf und ab.

„Hrywnja, ganz patriotisch, wer hätte das gedacht? Ich hab ja nicht erwartet, dass die Kommunisten ihre Ersparnisse in kapitalistischen Dollar halten, aber ich dachte, die zahlen ihre Gehälter in Rubel", witzelte Romka.

„Hübsches Sümmchen. Und was machen wir jetzt mit der Kohle?", fragte Lima.

„Es handelt sich ja hier sozusagen um Geld, das die Kommunisten Rentnerinnen und russischen Sponsoren abgeluchst haben ..." Firman zog die Sache wie immer gleich ins Grundsätzliche.

„Ziemlich sicher. Behalten wir's?" Jack schielte verunsichert auf die Geldbündel.

„Den Rentnerinnen brauchen wir es nicht zurückzugeben. Die tragen's doch nur wieder zu den Kommunisten."

„Und die russischen Sponsoren brauchen unsere mickrigen zwei Millionen nicht", fügte Lima hinzu.

Die Jungs überlegten. Jeder ging mögliche Varianten durch, einige Ideen fanden sie nicht mal schlecht, verworfen wurden sie trotzdem, und das Nachdenken begann von vorn.

Wenn du herausfinden willst, mit wem du es zu tun hast, bitte deine Freunde und Bekannten, dir zu erzählen, was sie machen würden, wenn sie zwei Millionen hätten. Wer es nicht gewöhnt ist, mit solchen Summen zu operieren, und höchstens mal zehntausend als Kredit in der Hand gehalten hat, dem bleibt bei der Vorstellung von so viel Geld erst mal die Luft weg. Das Gehirn fällt aus und produziert eine sinnlose Idee nach der anderen, alles verschwimmt. Der Geldschock befördert die alten Kinderträume aus dem dunklen Keller des Unbewussten ans Tageslicht. Wie wär's mit einem Vergnügungspark? Falls das Geld nicht reicht, dann vielleicht wenigstens ein Riesenrad? Oder eine LKW-Ladung Eis? Oder Waffen, wie sie die Ninja Turtles haben? Oder endlich den teuren Hund, den sich die Familie in den Neunzigern nicht leisten konnte? So schnell wie die Träume von früher auftauchen, sind sie auch wieder geplatzt.

Entweder müsste man viel mehr Geld haben, als tatsächlich da ist, oder die Dinge, die vor zwanzig, dreißig Jahren so reizvoll schienen, sind heute wertlos und uninteressant.

Nach den Kinderträumen kommen die seriösen Wünsche und Bedürfnisse: eine neue Wohnungseinrichtung, ein ordentliches Auto, ein Häuschen am Meer, Rücklagen für die Ausbildung der Kinder. Wer die Verhältnisse hierzulande nicht richtig überblickt, steckt vielleicht kurzerhand sein ganzes Geld in eine kleine Firma und hat sich damit für die nächsten Jahre von Schlaf, Essen, Muße, Sex und Freizeit verabschiedet. Die ganz Cleveren teilen das Geld auf und legen es bei mehreren vertrauenswürdigen Banken an, leben von den Zinsen und pfeifen auf den Rest. Diejenigen, die ihre Mitmenschen gründlich satthaben, lassen, wenn sie ein solcher Geldsegen überkommt, alles stehen und liegen, verziehen sich auf eine einsame Insel im Pazifik oder Atlantik und mischen sich unter die Eingeborenen, deren Sprache sie nicht verstehen und auch nicht verstehen wollen. Hauptsache, die Insel bietet ein Minimum an Annehmlichkeiten und kann mit ein paar gebildeten Leuten aufwarten, die verhindern, dass die Eingeborenen die Aussteiger braten und verspeisen.

Die verblüffendsten Vorschläge kommen von denen, die nie Geld haben und trotzdem glücklich sind. Sie haben die krassesten Ideen. Wäre ein Gerät da gewesen, das die Gedanken aufzeichnet, die nach der Frage „Was sollen wir mit dem Geld machen?“ und dem anschließenden halbstündigen Schweigen in Firmans Küche geäußert wurden, wären gut und gern 500 Vorschläge zusammengekommen. Die vier Freunde dachten dabei nicht an sich, das muss man ihnen lassen. Ab und an äußerte jemand den Wunsch, dieses oder jenes zu kaufen oder den eigenen Anteil zu nehmen und den anderen die Entscheidung, was sie mit ihrem Geld anfangen wollen, selbst zu überlassen. Aber drei Sekunden später waren diese Vorschläge schon wieder vom Tisch, und neue Ideen kamen auf, ob man mit dem Geld zum Beispiel die Gründung eines Tierheims finanzieren oder einen ordentlichen Radiosender mit vertrauenswürdigen Nachrichten und guter Musik einrichten oder die Schule um die Ecke unterstützen sollte, damit die Schüler endlich ein vernünftiges Computerkabinett bekamen.

Plötzlich blitzten Firmans Augen auf, und die ganze Runde schaute ihn an.

„Jungs!“, rief er laut, „ich hab’s! Ich weiß, was wir mit dem Geld machen!“

„Und was?“ Lima horchte auf.

Der Wahnsinn, der in Firmans Stimme mitschwang, ließ ihn stutzen. Normalerweise machte Firman Vorschläge, auf die man angemessen reagieren und die man umsetzen konnte, wenn man sich auf seine Vorstellungen einließ, alle Konventionen ignorierte und ihm mit einer kernigen, lebensfrohen Arschruhe begegnete.

„Ein Denkmal!“, rief Firman.

„Ja, Firman, heute Nacht hast du das Lenin-Denkmal zum Einsturz gebracht. Das Denkmal, das dich viele Jahre lang umgetrieben hat. Super!“ Lima redete ihm sanft und ermutigend zu, wie man einem Kind zuredete. „Aber was wollen wir denn nun mit dem Geld machen?“

„Ein Denkmal, hab ich doch gesagt. Wir errichten ein Denkmal“, erklärte Firman.

„Ein Denkmal? Und für wen? Wie willst du das machen?“

„Na, das machen wir natürlich nicht selbst. Wir werben Spenden ein und lassen uns von der Stadtverwaltung einen Platz zuweisen, alles ganz legal. Und die zwei Millionen kommen in die Spendenkasse.“

„So weit, so gut. Aber für wen willst du denn ein Denkmal errichten? Wem könnte man denn hier im Donbass ein Denkmal setzen? Außer Lenin und den Bergarbeitern mit den Hüttenwerkern? Vielleicht noch der Mafia. Sonst fällt mir da niemand ein."

„Also, ich finde die Idee gut", rief Romka. „Stadtentwicklung, Erinnerungskultur und so. Coole Sache. Und Denkmäler haben wir hier wirklich nicht gerade im Überfluss. Wo stehen denn welche?" Er zählte an den Fingern ab. „Das Bergarbeiterdenkmal bei Nachaliwka, das Denkmal für den Entdecker der Steinkohle im Donbass, das Ewige Feuer im Stadtzentrum, dann das Denkmal für die Tschernobyl-Opfer, das sie vor fünf Jahren eingeweiht haben, das für die Afghanistan-Kämpfer hinterm Kaufhaus, dann das für Sergejew, den russischen Verteidigungsminister, an der Schule Nummer 22. Sechs Stück. Na ja, und dann noch ein paar Lenin-Denkmäler verschiedener Größe und Baufälligkeit, fünf an der Zahl, über die ganze Stadt verteilt."

„Vier", korrigierte ihn Firman.

„Gut, vier. Jetzt sind es vier. Ein knappes Dutzend Denkmäler für eine Stadt mit fünfhunderttausend Einwohnern, und dann sind auch noch fünf davon, Pardon, vier, für ein und dieselbe Person. Also ich finde die Idee mit dem Denkmal klasse."

Lima schaute Jack an, dem schien die Idee auch zu gefallen.

„Weißt du, Lima, ein Denkmal, das ist so was wie eine Fahne", fuhr Romka fort und malte zur Bekräftigung ein paar Hieroglyphen auf den Tisch. „Es symbolisiert Macht und Präsenz. Es steht für eine bestimmte soziale, nationale und mentale Haltung. Die siebtgrößte Stadt des Landes hat kein einziges ukrainisches Denkmal. Gut, lassen wir das ukrainische. Aber gibt es auch kein Denkmal für etwas, das nichts mit dem Proletariat oder dem Militär zu tun hat. Dämmert's?"

„Klar dämmert's. Aber vielleicht kommt das davon, dass das hier eine reine Arbeiterstadt ist?"

„Die nicht ukrainisch ist?"

„Das habe ich nicht gesagt."

„Gesagt hast du es nicht, aber man könnte es so verstehen."

Lima mochte es nicht, wenn man ihn auf solche heiklen Themen ansprach. Die ukrainische Identität des Donbass und seiner Heimatstadt war für ihn, einen hiesigen Ukrainer, ein wunder Punkt. Manchmal tauchten kleine Tupfer oder Zeichen der nationalen ukrainischen Identität gerade dort auf, wo sie niemand erwartete, und dann jubilierte sein leidgeprüftes Herz. Manchmal, und zwar meistens dann, wenn eine Sache wirklich wichtig war, kam man überhaupt nicht an die Leute ran. Wenn es kritisch wurde, zogen sie sich in ihre Schneckenhäuser zurück und wollten unter keinen Umständen irgendeine nationale Zugehörigkeit zeigen. Sie warteten die historischen Katastrophen in ihren Verstecken ab, tauchten irgendwann wieder auf und begutachteten seufzend die entstandenen Trümmer. Dass sie der Zerstörung hätten zuvorkommen, sie verhindern oder doch immerhin abmildern können, indem sie klar Stellung bezogen und für die eigenen Rechte, Freiheiten und Verantwortungen einstanden, war ihnen nicht beizubringen. Ihre Schutzpanzer waren dick und retteten ihnen zuverlässig das Leben, das war wichtiger als alles andere.

Lima wurde lange Zeit das Gefühl nicht los, dass die prinzipielle Weigerung der Leute, Stellung zu beziehen, unnatürlich war. Er konnte sich des Eindrucks nicht erwehren, dass da irgendwas nicht stimmte, bis er eines Tages auf der Rückfahrt von Dnipro oder Charkiw im Zug einen coolen Typen kennenlernte. Der junge Mann kam aus derselben Stadt wie er und machte gerade seinen Facharzt in Chirurgie. Die zweite Flasche Kognak hatte Limas Zunge gelöst, und er sinnierte munter drauflos, der zukünftige Arzt war einer wie er und tat zu dem Thema Zugehörigkeit bereitwillig seine eigenen Gedanken kund. An diesem Abend erfuhr Lima von Zhenja – so hieß der angehende Chirurg – dass es so etwas wie Stammzellen gibt. Stammzellen haben zwei Haupteigenschaften: Sie können sich beliebig oft teilen, ohne sich dabei auszudifferenzieren, und sie können sich zu jedem Gewebetyp entwickeln.

„Also jetzt mal für Normalsterbliche: Wenn man die Stammzellen in Ruhe lässt, können sie über Generationen hinweg existieren, ohne sich zu ändern. Das kann praktisch immer weitergehen. Aber wenn man eingreift, wenn man sie in eine Umgebung von bereits ausdifferenzierten Zellen bringt, dann passen sie sich an und werden wie die anderen. Verstehst du das?"

„Klar."

„Und jetzt übertrag dieses Wissen mal auf unsere Landsleute. Das ist natürlich sehr verallgemeinernd und hinkt ein bisschen. Aber das Prinzip ist meiner Meinung nach dasselbe. Also?"

Lima gehorchte und übertrug seine Erkenntnis auf Menschen. Sofort war er wieder nüchtern. Das hatte tatsächlich was. Jetzt wusste er immerhin, was zu tun war. Aber was konnte er ausrichten – er als kleine ausdifferenzierte Zelle?

„Klar ist Makijiwka eine ukrainische Stadt. Zumindest teilweise. Immerhin gibt es uns, oder etwa nicht?", sagte Lima ruhig.

„Klar", pflichtete ihm Firman bei.

„Und wir haben Geld."

„Dann lasst uns doch mal ein ordentliches Denkmal in die Stadt setzen. Ein abgefahrenes Denkmal, das wir errichten. Ein eigenes Denkmal, das ist doch mal was, oder Jungs?"

„Und ob!“, riefen alle.

„Und für wen soll das Denkmal sein?“ Firman kam zum heikelsten Punkt.

„Vielleicht für Bandera?“, rief Jack.

„Bist du verrückt?“ Lima zuckte förmlich zusammen. „Bandera hat überhaupt keinen Bezug zu unserer Region hier. Das zum ersten. Und zum zweiten – das Denkmal wird nicht lange stehen. Willst du vielleicht das Geld zum Fenster rausschmeißen?“

„Vergiss Bandera, Jack.“ Firman zündete sich eine Zigarette an und überlegte. „Schewtschenko wäre nicht schlecht, aber der hat schon haufenweise Denkmäler.“

„Und was ist mit Kotljarewskyj? Oder Sahajdatschnyj?

„Jungs, lasst uns im Donbass bleiben, okay? Oder zumindest bei denen, die was mit dem Donbass zu tun haben.“

„Machno?“

„Schon besser. Aber wir wollten doch nichts Militärisches.“

„Bubka?“

„Gibt's schon.“

„Kobson?“

„Machst du Witze? Gibt's außerdem auch schon.“

„Tymoschtschuk?“

„Der lebt noch.“

„Stus? Dsjuba?“

„Bist du verrückt? Wer die hier kennt, gilt als Bandera-Schwein. Behalten wir im Hinterkopf, aber vielleicht fällt uns noch was Besseres ein.“

„Oh! Ich habe eine Idee!“ Ausgelassen wie ein Kind klatschte Lima in die Hände.

„Und?“

„Sosjura! Wolodymyr Sosjura! Der ist doch einer von uns, der kommt aus dem Donbass. Und für den gibt's überhaupt kein Denkmal, nur so 'ne komische Büste in Debalzewe. Wie ist das?“

Jack, Firman und Romka lehnten sich entspannt zurück. Sosjura, perfekt. Alle waren froh und zufrieden, als hätten sie etwas Großes geleistet.

„Wisst ihr was, Jungs?“, rief Firman.

„Was?“

„Was ich mir gerade überlegt habe. Die Erinnerung, die bleibt ja sozusagen für immer. Und man soll sich an das Gute erinnern. Aber auch an das Schlimme, damit es sich nicht wiederholt. Und das muss man auch den Kindern beibringen.“

„Du hast doch gar keine Kinder!“, sagte Romka gähnend.

„Darum geht's doch gar nicht. Wenn ich zum Beispiel mal einen Sohn habe.“

„Ja?“

„Dann gehe ich mit ihm zum Sosjura-Denkmal und erkläre ihm, dass es diesen Dichter gegeben hat, der die Ukraine geliebt hat. Und die Abraumhalden, die Pyramiden der Donezker Steppen. Ich erzähle ihm von allem Schönen und so. Und alles, was ich weiß, gebe ich an ihn weiter. Und dann wird mein Sohn größer, sieht das Denkmal von Sosjura und lernt die Welt von ihrer angenehmen Seite kennen. Wenn nun aber eines Tages alle Lenin-Denkmäler in der Stadt demontiert sind – vielleicht kommt ja irgendwann eine riesige Protestwelle, in der alle sowjetischen Wahrzeichen hinweggefegt werden, träumen kann man ja mal – dann erzähle ich meinem Sohn ja trotzdem, wer dieser Lenin war. Mit allem, was dazu gehört. Was gut war und natürlich vor allem was schlecht war. Ich habe ja eine besondere Beziehung zu ihm, wie ihr wisst. So. Und wenn mein Sohn nun durch die Stadt geht, in der es kein einziges Lenin-Denkmal mehr gibt, kann er sich nicht daran erinnern, was Lenin den Ukrainern alles angetan hat. Denn es wird nichts geben, woran das Auge hängenbleibt und das Vergessen verhindert. Wenn die negativen Seiten der Geschichte vergessen sind, kann das gefährlich werden."

„Da ist was dran", rief Lima. „Aber nun hast du es ja abgerissen. Die Reue kommt zu spät, mein Lieber."

„Na ja, so schwer ist er ja nicht. Frag Jack und Romka." Firman schielte zu seinen Freunden hinüber.

„Sag nicht, du willst ihn wieder hinstellen!", protestierte Jack.

„Und warum nicht? Wir trommeln ein paar Leute zusammen und stellen ihn wieder an seinen alten Platz."

Romka platzte der Kragen. „Und was sollte dann der ganze Zirkus? Ich kenne dich jetzt seit 20 Jahren, du Idiot. Die ganze Zeit hast du mir in den Ohren gelegen, der Lenin müsse weg. Jetzt ist er weg. Und nicht einfach weg, sondern unter deiner persönlichen Leitung und mit deiner tatkräftigen Unterstützung haben wir ihn gestürzt. Und jetzt willst du ihn wieder aufstellen? Wozu das denn?"

„Ich hab's euch doch gerade erklärt. Erstens haben wir die Sache durchgezogen. Deswegen geht's mir gleich besser. Zweitens wird es in zwei Stunden hell. Dann gehen die Leute zur Arbeit, sehen, was passiert ist, und rufen die Polizei. Die informieren die Kommunisten, wer außer denen braucht das Denkmal denn schon? Und wenn die Genossen mitkriegen, dass ihre Parteikasse weg ist, werden die Alarm schlagen wie blöd und dann schnappen sie uns. Dann können wir den Sosjura für die nächsten Jahre vergessen."

„Stimmt, die kriegen uns mit Sicherheit dran", murmelte Lima.

„Wenn das Geld nicht wäre, könnte man drauf pfeifen und das Denkmal liegenlassen. Aber so stellen wir es besser wieder auf. Kann mir kaum vorstellen, dass die Kommunisten vor dem Jahrestag der Oktoberrevolution noch mal da reinkrabbeln, wir haben also genügend Zeit, das Geld an einen sicheren Ort zu schaffen."

„Du gehst mir auf den Sack, Firman, das kann ich dir sagen", rief Romka, holte sein Handy raus und telefonierte alle ab, die mitgeholfen hatten, den Führer zu stürzen.

***

Bedächtig ging die Sonne auf und riss die Stadt aus dem dichten Julidunkel. Die Kühle schwand, eine dicke, weiße Hitze ergoss sich über die Straßen wie heiße Milch. Marusja, die Straßenkehrerin, sorgte wie in den letzten fünfzehn Jahren auch heute am Lenin für Ordnung. Sie fegte und schaffte die vertrockneten Ahornblätter weg. Plötzlich entdeckte sie an dem Sockel, auf dem Lenin ruhig und unauffällig stand, eine Aufschrift, die gestern Abend, als sie am Denkmal vorbei zum Einkaufen gegangen war, noch nicht da gewesen war.

„Schlächter", las Marusja die großen Buchstaben, die mit gelber Farbe auf den dunklen glatten Stein gemalt worden waren. Sie stutzte.

‚Was ist das nur für eine Jugend heutzutage', fragte sie sich und wischte mit einem feuchten Lappen über die Buchstaben, um zu prüfen, ob sich die Farbe abwischen ließ, aber sie war fest. ‚Dumm wie die Schafe. Erstens heißt es nicht *Schlächter*, sondern *schlechter*, und zweitens wieso eigentlich *schlechter*? Seit wann ist Lenin denn schlechter?'

Marusja stand noch lange vor dem Denkmal, versuchte zu begreifen, warum jemand Lenin schlechter fand, und fragte sich, was aus einem Land werden würde, in dem die Jugend so ungebildet war, dann winkte sie ab, schnappte sich ihren alten Eimer und ging die Straße fegen, wobei sie goldene Staubwölkchen aufwirbelte.

## Wohnung 20
## Der Tag, an dem mein Sterben begann

Ich heiße Saschko. In diesem Herbst werde ich einundzwanzig. Ich schließe demnächst mein Studium an der Technischen Hochschule ab, engagiere mich ehrenamtlich und schreibe Gedichte. Gerade stehe ich auf einem Hocker mit einer Schlinge um den Hals. Wegen meiner Gedichte und nicht etwa wegen dem, was ihr denkt. Ich habe Angst, für die Leute hier ist das scheinbar kein – wenn auch grausamer – Witz. Ich kann sie nicht sehen. Meine Augen sind verbunden, aber ich fühle ihr Schweigen: ein schweres, konzentriertes, ernstes Schweigen. Ich heiße Saschko, bin fast einundzwanzig, schreibe Gedichte und stehe auf einem Hocker mit einem Tuch vor den Augen und einer Schlinge um den Hals. Wie weit hast du's eigentlich in deinem Leben gebracht?

Ob das nun an diesem klapprigen Stuhl liegt oder ob ich einfach vor Schwäche zittere und würge, aber diese Konstruktion – ich oben, das Ding unten – wackelt und zwingt meinen Körper in äußerste Anspannung. Es fehlt nicht viel, die kleinste falsche Bewegung genügt, damit meine Stütze kippt und ich stürze, meinen Zehen fehlen ein paar Dutzend Zentimeter bis zum Boden. Der Rücken ist schweißnass, die Muskeln steinhart. Der Kopf schwirrt. Ich versuche mich gerade zu halten und hoffe immer noch, dass alles nur ein böser Traum oder ein übler Scherz ist.

Am Hals fühlt sich der Strick ganz anders an als in der Hand. Wenn du ihn anfasst, nimmst du eher die allgemeinen Eigenschaften wahr. Du taxierst Durchmesser und Länge, prüfst die Stärke und machst irgendwo eine Reißprobe. Mehr nicht. Die Haut am Hals ist viel empfindlicher. Sie spürt die Härte der Fäden, die ineinander geflochtenen Fasern, die Geschmeidigkeit und die Temperatur. Mit jeder neuen, weiteren Schwingung schneidet der Strick tiefer ins Fleisch, gräbt sich langsam, aber sicher ein. Dein Leben wird zusammengepresst und Millimeter um Millimeter abgetragen. Irgendwann weißt du, wie sich ein junger Hund an der Kette fühlen muss. Aber diese Einsicht ist für dich belanglos. Sie ist nur noch eine Feststellung.

Der Strick um meinen Hals ist dünner, als man das aus Filmen kennt. Da hängen die Verbrecher normalerweise an richtigen Seilen. Was das bedeutet, weiß ich nicht. Mein Strick (*mein Strick* – sehr witzig) ist auf jeden Fall dünner, aber keiner der Anwesenden käme auf die Idee, er könnte reißen. Wahrscheinlich kennen sich die Leute hier damit aus. Dann reißt er wahrscheinlich wirklich nicht.

Ich warte dann mal auf den Stoß, der mir den Hocker unter den Füßen wegschlagen wird, ich wundere mich selbst über meine Gelassenheit.

***

Würde man in diesem Moment zu einem Kniff à la Fellini greifen und die Kamera aus der Großaufnahme von Saschkos Gesicht weg zur Seite fahren und den dunklen Raum einfangen, in dem sich die Szene abspielt, ergäbe sich eine interessante Einstellung. Das schmale, blasse Gesicht des Protagonisten mit den verbundenen Augen und den angsttrockenen Lippen, die sich lautlos und nervös bewegen, verschwindet. Den linken Teil des Bildes nimmt ein großer, dünner, ganz in schwarz gekleideter Mann mit dunkelblonden Haaren, einer Schlinge um den Hals und einem weißen Fleck anstelle des Gesichts ein. Neben ihm stehen zwei weitere Personen, die keinen gothic style tragen. Die rechte Bildseite wird von einer im Vergleich zu dem kleinen Raum großen Gruppe ausgefüllt. Es sind um die zehn Personen. Einige sitzen allein, andere in Umarmung. Sie sind still und konzentriert, doch ihr Schweigen verrät keine Anspannung. Die schwach beleuchteten Gesichter sind ruhig und entspannt. Jemand dreht ein Feuerzeug zwischen den Fingern, jemand anders rollt eine leere Flasche über den Boden. Die linke und die rechte Seite der Mise en Scène werden von einer willkürlichen und doch klaren Grenze getrennt: drei hohe tropfende Kerzen, die ihr flackerndes Licht nach beiden Seiten werfen.

Es ist so still, dass man den alten Hahn in der Küche tropfen hört. Die Ohren einiger sensibler Gäste registrieren noch einen anderen, einen schnellen und gleichmäßigen Ton. Dieses Hintergrundgeräusch macht sie frösteln, denn sie hören ein Herz pochen. Laut und hilflos. Das Herz des Todgeweihten. Als wäre sein Körper ein hohles Gefäß, in dem die Seele hüpft wie ein Tennisball, der dumpf und schnell gegen Porzellanwände schlägt.

‚Der zerbricht gleich', denkt ein Mädchen, als sie das Pochen hört, lasst ihn frei, möchte sie am liebsten rufen. Aber alle anderen schweigen, als müsste das so sein. Ihre Worte schrumpfen zusammen, vertrocknen, bleiben ihr im Hals stecken. Sie räuspert sich, schlägt sich mit der Faust auf die Brust. Da verstummt das schreckliche Hintergrundgeräusch. Ihr Nachbar trommelt mit den Fingern auf den Boden. Das Mädchen seufzt und schaut auf die Schlinge, in der sich der Junge, den sie vor gerade mal einer Stunde zum ersten Mal geküsst hat, wie Rauch zu verflüchtigen scheint.

Sie hofft noch sehnlicher als er, dass alles nur ein blöder und grausamer Scherz ist. Er ist eben zum ersten Mal hier, kennt so gut wie niemanden und hat wahrscheinlich gar nicht mitgekriegt, wo er hingeraten ist. Und sie – sie kennt hier alle, und zwar mindestens schon zwei, drei Jahre. Sie weiß, dass die Leute hier wirklich grausam sein können, manchmal verrückt und zügellos, im Großen und

Ganzen aber entspannt drauf sind. Mord ist nicht ihr Ding. Deswegen findet sie diese Szene zwar skurril, aber nicht lebensgefährlich.

***

Ich atme tief ein. Unter Aufbietung aller Willenskräfte versuche ich, die Rücken-, Becken- und Wadenmuskeln zu entspannen. Eine riskante Sache: Wenn du zu sehr locker lässt, brichst du dir das Genick. Aber ich schaffe es. Noch vor einer halben Minute hätte ich es kaum für möglich gehalten, aber die Amplitude meiner Schwingung wird tatsächlich immer kleiner. Ich gewinne die Kontrolle über meinen Körper zurück. Ich pendle aus und spüre den Hocker unter meinen Füßen. Endlich wieder fester Halt – Gott sei Dank! Haben sich womöglich Kolumbus' Männer so gefühlt, als sie dem elenden Sturm entkommen waren und auf einer Karibischen Insel endlich wieder festen Boden unter den Füßen hatten? Ich könnte drauf wetten. Das himmlische Gefühl, wenn du dem Stellungskampf entkommen bist, wenn der Tod plötzlich ablässt, sich zurückzieht, dir eine Verschnaufpause gönnt. Und du die verhärteten Muskeln lockern und durchatmen kannst.

Ich atme tief ein. Versuche meine Gedanken zu ordnen. Was ist eigentlich passiert? Worum ging es in dem Streit? Ich sollte ein Gedicht vortragen. Ein eigenes. Mach ich, trag ich vor, rotz ich ihnen hin, kein Problem. Ich hab's natürlich ziemlich versaut, hab mich aufgespielt, pathetisches Zeug gefaselt, aber dass sie mir gleich eine Schlinge um den Hals legen, das ist unfair und echt mies. Idioten.

Und sie? Hat mich geküsst, als wäre es ihr erstes Mal – gierig und irgendwie ungeschickt. Im Flur, gleich neben der Tür, hat sie mich gegen die Wand gedrückt. Die Wände waren mit glatter Zellophantapete beklebt, wahrscheinlich noch aus den Sechzigern. Sie hatte mein T-Shirt ein Stück hochgeschoben, und ich merkte, wie klebrig die Tapete war und kühl trotz der Julihitze. Komisch, dass uns keiner von den andern gesehen hat. Sie hätten mir eins aufs Maul geben können. Ohne weiteres, schließlich ist es ihre Frau, eine aus ihrer Clique. Hätte mich nicht gewundert, nachdem ich die Skepsis und die blitzenden Augen der Jungs gesehen hatte, als der Wohnungsbesitzer, mein neuer Kumpel, der mich eingeladen hatte, mir seine Freunde vorstellte. Alle horchten auf und schauten genau hin. Beäugten mich, lehnten mich von vornherein ab und waren misstrauisch. Was hatte ich eigentlich erwartet, als ich in die Wohnung gekommen war?

Aber sie ... Sie war anders. Im Verlauf des Abends – alle anderen ließen sich langsam volllaufen – tauchte sie immer wieder mal in meiner Nähe auf. Als ich einen Streit hatte, war sie bei mir. Zufällige Berührungen, sanfte Atemstöße an meinem Hals und in meinem Haar. Die Stimmen und auch die Musik wurden immer lauter, wir versuchten die starken Boxen zu übertönen. Es roch nach Zigarettenqualm, obwohl der Gastgeber anfangs alle Raucher auf den netten kleinen Balkon gescheucht und darauf geachtet hatte, dass in der Wohnung nicht geraucht wurde. Irgendwann hatte er aufgegeben. Es war ja auch ein Ding der Unmöglichkeit, ein Dutzend kraftstrotzende Bullen auf einem kleinen Balkon zu parken. Die Leute rauchten also einfach in der Wohnung, versuchten sich aber immerhin mit der Asche und den Kippen vorzusehen.

Ich nutzte den Balkon. Er gefiel mir. Draußen empfing mich eine andere Musik, die Musik der heißen Stadt. Der Hof war ruhig und grün. Ich schloss die Augen, rauchte, lauschte. Ich fand es schön, genau zwischen zwei musikalischen Welten zu stehen, der drinnen, in der Wohnung, und der draußen, in der vertrauten Stadt. Die Klänge verwoben sich und tanzten. Ich war ganz benommen.

Während der vierten oder fünften Rauchpause hörte ich die Tür hinter mir aufgehen. Das Mädchen trat heraus und legte seinen Kopf an meine Schulter, als würden wir uns schon ewig kennen. Sie fragte nach einer Zigarette. Zündete sie an.

„Wie heißt du eigentlich?“ Ich überlegte, was man machen musste, wenn sich eine fremde Frau an einen ranschmiss.

„Spielt es eine Rolle?“

„Ist das etwa ein Geheimnis?“

„Du wirst lachen, ja, ist es. Keiner von denen da“, sie nickte Richtung Tür, „kennt meinen richtigen Namen.“

„Und den falschen?“

„Hör mal, du verschwendest Zeit für total unwichtige Dinge.“ Sie blies mir den Rauch direkt hinters Ohr, ich spürte, wie ich anfing zu taumeln und mich kaum noch auf den Beinen halten konnte.

„Und was ist wichtig?“

„Nächsten Samstag ist mein Geburtstag, und ich habe noch eine Karte übrig für das Jazzkonzert in der Gung'u'bazz Bar. Das ist zum Beispiel wichtig.“

„Originell, so flott hat mich noch niemand geködert.“

Ich drehte mich um, sie schaute mir in die Augen. Sie war etwas kleiner als ich, schmiegte sich ohne Scheu an und zeigte zugleich deutlich, wer hier die Initiative ergriff.

„Ködern? Du hast doch schon angebissen.“ Sie schnippte die Kippe über meine Schulter auf die Straße runter, streifte im Umdrehen scheinbar zufällig meine Hüfte und ging wieder rein.

Im Fenster sah ich einen der Jungs. Er schaute mich kalt und entrüstet an und streichelte seine Faust. Ich drehte ihm den Rücken zu, lächelte in mich hinein und rauchte fertig.

Ein paar Minuten später lauerte sie mir wie eine junge Katze im dämmrigen Korridor auf, während die ganze Clique in der Küche zusammenkam und der Gastgeber den nächsten Toast ausbrachte. Mit erstaunlicher Kraft drückte sie mich gegen die Wand, grub mir knurrend ihre Hände in die Schultern und berührte meine Lippen, der Kuss kam so plötzlich, war so sanft und zurückhaltend, dass es mir förmlich den Boden unter den Füßen wegzog. Gegen diese Sanftheit und Leidenschaft war ich machtlos.

Sicher, die Frau gehörte zu ihrer Clique, sie würden mir ihretwegen an die Gurgel gehen, soviel war klar. Andererseits, wie die Leute mit ihr sprachen und wie sie mit den Leuten sprach, das sagte alles. Sie waren eine eingeschworene und von jugendlicher Leidenschaft aufgeputschte Truppe, in der sich pausenlos Pärchen bildeten und dann wieder trennten. Jeder hatte hier schon mit jedem geschlafen, alle Befindlichkeiten waren bis ins letzte ausdiskutiert, und jetzt konnten sie über alles reden. Buchstäblich über alles, sogar über ganz intime Dinge, die man vor Scham wahrscheinlich noch nicht mal dem Psychiater anvertraute. Deshalb nahm man die Wünsche der Leute aus der Clique, und waren sie auch noch so abwegig, gelassen und mit einer beinahe kränkenden Gleichgültigkeit zur Kenntnis. Fremde waren natürlich unerwünscht, aber das wurde eben hingenommen.

Wo ist sie denn jetzt? Warum legt sie denn bei ihren verdammten Freunden kein gutes Wort für mich ein?

***

Wenn jemand irgendwann in seinem Leben beschließt, sich der Literatur zu widmen und noch dazu einer so miserablen wie der ukrainischen, dann drückt das seinem ganzen weiteren Leben einen bleibenden Stempel auf. Jedem, der glaubt, er könne sich mit ein paar hübsch aneinandergereihten Wörtern und Bücherstapeln den Weg zur alsbaldigen Bewunderung, zu schönen Nymphetten und täglichen Annehmlichkeiten ebnen, sollte man erst mal die Fresse polieren und ihn anschließend die Biografien derer, die in unserer Literatur einen gewissen Namen haben, durcharbeiten lassen, und wenn derjenige dann immer noch an seiner Idee festhält, kann man ihm erlauben, die erste Zeile zu schreiben. Diese Methode hätte den Vorteil, dass sich schließlich nur die totalen Idioten und diejenigen, die wirklich bereit sind, Leib und Seele für das Schreiben hinzugeben, in die Schriftstellergemeinschaft einreihen. So eine Art Elitetruppe, Fallschirmjäger der Literatur, schreibende Cyborgs, ein geheimer Ritterorden, zu dem Außenstehende nur unter besonderen Umständen, bei Programmierfehlern Zugang erhalten. Die dann aber schnell geortet sind und – bildlich gesprochen – mit Tritten von der Zinne gestürzt werden.

Der ukrainische Schriftsteller ist ständig damit beschäftigt, die ihm feindlich gesinnte Umwelt zu erkunden. Für die Umwelt ist er ein ständiger Stein des Anstoßes, die Dinge sind nun mal so, wie sie sind, die Welt hat ihre Ordnung, seit Menschengedenken, damit muss man sich abfinden. Die ukrainische Gegenwartsliteratur hat es mit einer diskriminierten, kaputten Umwelt zu tun und ähnelt einem erschöpften Pfleger, der sein Leben lang einen Psychopathen betreuen muss. Der Psychopath schießt mitunter solche Böcke, dass dem Pfleger die Haare zu Berge stehen, weil er vollkommen hilflos ist und dennoch er und kein anderer die Krankenakte führen und alles dokumentieren muss, was mit seinem Schützling passiert. Mit Pflichtgefühl und Berufung hängt der Pfleger an seinem Patienten, er hat sich das selbst eingebrockt, weil er diesen Beruf gewählt und erst viel später begriffen hat, wie unerträglich alles ist. Irgendwann weiß der Pfleger über den Psychopathen so viel, dass er keine Ahnung hat, was er noch in die Akte schreiben soll. Und der Psychopath weiß über seinen Pfleger natürlich auch einiges. Es ist unklar, wer schwächer ist und wer sich mehr fürchten muss.

Und wovor fürchtest du dich am meisten? Davor, dass dir dein Schützling eines Nachts das Taschenmesser entwendet und dir die Kehle durchschneidet, oder?

***

Saschko war ganz zufällig zu dieser Truppe gestoßen. Letzten Samstag, vor einer Woche. Ein herrlicher Sommerabend. Saschko lief die frisch sanierte Uferpromenade am Kalmius entlang, lächelte den entgegenkommenden Mädchen zu und ließ seinen Blick über verschiedene Punkte in der Stadt gleiten. Bis sich der Himmel plötzlich verdunkelte und vom Fluss her, aus Richtung der Schlafbezirke, ein Sturm aufzog, der sich am Aufgang zum Lenin-Platz verfing. Saschko lief schneller, was sich als richtige Einschätzung erwies. Als er an der Promenadenunterführung angekommen war, ging ein Guss nieder. Er lief die Treppen hinunter und spürte, wie ihm der Regen schräg von hinten gegen den Rücken peitschte. Er schüttelte sich und sprang auf und ab. Das nasse T-Shirt klebte ekelig am Körper. Oben schüttete es wie aus Eimern, Sturzbäche flossen in die Unterführung. Außer Saschko hatten dort unten noch ein paar andere Leute Zuflucht gesucht. Er holte sich an einem Kiosk einen Instantkaffee. Stellte sich an die Seite, schlürfte das Getränk und registrierte zufrieden, dass sein Rücken langsam trocknete.

Plötzlich fiel eine pudelnasse, kunterbunte Truppe in die Unterführung ein. Lauter junge Leute, an die fünfzehn Mann, bis auf die Haut durchnässt und ziemlich betrunken. Sie stellten sich in Saschkos Nähe, gackerten wie Hühner, schwatzten und lachten. Ein Fünf-Liter-Topf kreiste, reihum nahm jeder ein, zwei Schlucke.

„Los, Jurik, los!“, rief die Meute.

Ein pitschnasser, dürrer Mann löste sich aus der Gruppe. Das musste Jurik sein.

„Los, Jurik, los“, stachelten ihn seine Kumpels an.

Jurik kämpfte gegen seinen Rausch und versuchte sich zu sammeln. Endlich hatte er sich gefasst, schnappte sich den Topf mit dem Gebräu und stieg ein paar Stufen nach oben, als wollte er eine Bühne erklimmen. Das Wasser ergoss sich in Strömen über die Treppe und flutete seine Turnschuhe. Jurik setzte den Topf an, nahm ein paar kräftige Schlucke, wischte sich mit dem Ärmel den Mund ab, streckte die Arme vorm Körper aus und rief:

„Armageddon!“

„Guten Morgen!“, antworteten ihm seine Freunde in einem betrunkenen, aber verblüffend harmonischen Chor.

Ihre ineinanderfließenden Stimmen hallten durch die Unterführung. Saschkos Brust vibrierte. Die überraschende Freude, die unbändige Energie, die er so noch nie gesehen hatte, ließen sein Herz höherschlagen.

„Wir sind wie verlorene Roboter!“, deklamierte der Chor weiter, zackig und flott.

Jurik stand vor ihnen wie ein Dirigent, wedelte mit seinen Flossen und trug das Gedicht vor, aber gegen die Stimmen seiner Freunde, die die Verse mindestens genauso gut konnten, kam er nicht an. Als sie fertig waren, spendeten die Leute, die in der Unterführung Zuflucht vor dem Regen gesucht hatten, donnernden Applaus. Saschko stellte seinen halbleeren Kaffeebecher ab und klatschte auch. Er war fasziniert. Das war etwas ganz Besonderes, Unglaubliches, Aufputschendes oder so. Die bunte Truppe schloss mit anderen Regenopfern Bekanntschaft. Überall in der Unterführung kamen Gespräche in Gang, es wurde gelacht. Auf

Saschko kam ein kleiner blonder Typ zu, der den ominösen Topf in der Hand hielt. Er bat um eine Zigarette. Saschko gab ihm eine und drückte ihm das Feuerzeug in die Hand.

„Was trinkt ihr da eigentlich?", wollte er wissen.

„Willst du probieren?", fragte der Blondschopf und hielt ihm den Topf hin.

„Weiß nicht. Was ist das denn?"

„Tanker."

„Tanker?", fragte Saschko zurück.

„Ja, so heißt der Cocktail."

„Nie gehört."

„Haben wir erst vor einer halben Stunde kreiert", erklärte der Blondschopf. „Probier mal."

„Und da habt ihr euch in der halben Stunde so volllaufen lassen? Was ist denn da drin?"

„Frag lieber nicht", sagte der neue Bekannte und blies weißen Rauch in die Luft. „Sonst musst du kotzen, ehe du den ersten Schluck genommen hast."

„Na gut."

Saschko bekreuzigte sich innerlich, versuchte den Geruch des Tankers zu ignorieren und nahm zwei Schlucke. Die Welt ging nicht unter, Saschko brach auch nicht zusammen. Der Cocktail hinterließ in seinem Mund allerdings einen merkwürdigen Nachgeschmack. Saschko schob das darauf, dass er derart noble Getränke nicht gewohnt war. Und tatsächlich rutschten der dritte und der vierte Schluck schon viel besser.

„Das ist ja ein Gebräu", schniefte er.

„Willst du immer noch wissen, was drin ist? Oder reicht es dir, dass er ordentlich reinhaut?"

„Würde mich schon interessieren", antwortete Saschko und merkte, wie es reinhaute.

„Jurik, kannst du mal kommen?", rief der Blonde den Star des Passagenkonzerts.

„Was gibt's?" Im Handumdrehen stand der langbeinige Dichter neben ihnen.

„Sag dem Typen hier doch mal, was wir alles in den Tanker reingeschmissen haben!"

„Also, Kognak, Portwein, Wermut, Bier, Kaffee, und Fomitsch hatte noch irgendeinen Likör", zählte er auf.

„Aha", rang sich Saschko ab.

„Außerdem noch eine Bockwurst, ein Stück Brot und ein bisschen Erde."

„Erde?", fragte Saschko. In seinem Magen rumorte es.

„Ja, Erde. Echte Donezker Heimaterde. Die ist sehr gesund für Leute von hier." Jurik klopfte Saschko vergnügt auf die Schulter.

„Und warum heißt das Zeug Tanker?", wollte Saschko noch wissen.

„Na ja, unten im Topf war noch ein bisschen Schmieröl. Irgendjemand hat dann gesagt: ‚Dann lasst uns den Cocktail doch Tanker nennen!' ‚Verdammte Hacke', haben wir gedacht, ‚warum eigentlich nicht?'"

Für einen kurzen Moment spürte Saschko, wie sein Bauch erschrocken gegen den mörderischen Mix rebellierte, aber dann winkte er ab und sagte:

„Kann ich noch was?"

Was danach passierte, wusste Saschko nicht mehr so genau. Außer dass der Regen schnell nachgelassen hatte und sie auf die Uferpromenade zurückgekehrt waren. Mit einem Typen war er noch in eine Pfütze gesprungen. Seine Jeans konnte er am Morgen danach wegschmeißen. Und dann hatte er Jurik und diesem Blondschopf, der Jarik oder Marik hieß, offenbar erzählt, dass er auch Gedichte schrieb. Sie hatten sich interessiert gezeigt und ihn gebeten, etwas vorzutragen. Und er hatte sich damit herausgeredet, er könne seine Texte nicht auswendig.

„Ja, so wie wir alle", sagte Jurik betrübt.

„Wer hätte das gedacht", rief Saschko und warf seinen neuen Freunden einen faszinierten Blick zu.

Jarik oder Marik hatte ihn für den kommenden Samstag zu seiner Party eingeladen. Sie würde lustig und cool werden, hatte er gesagt. Und ihn gebeten, seine Gedichte mitzubringen. Also war Saschko hingegangen.

***

Die Truppe zerfiel schnell in mehrere Grüppchen von zwei bis drei Personen. Zwei Pärchen schlossen sich im Schlafzimmer ein und wurden danach nicht mehr gesehen. Der Rest becherte fröhlich und unbeschwert vor sich hin und plauderte über Gott und die Welt.

Jurik hatte schon ordentlich was intus und rückte Saschko auf die Pelle. „Sag mal, Saschko, was hast du eigentlich gedacht, als du uns da in der Unterführung gesehen hast?"

„Erst fand ich's ein bisschen abstoßend. Ihr wart alle betrunken und habt gegrölt wie die Marktschreier. Das fand ich unangenehm. Ich hab's lieber ruhig."

„Und dann?"

„Dann hast du angefangen, Gedichte vorzutragen. An die einzelnen Wörter kann ich mich gar nicht mehr erinnern, sondern nur noch an die Ekstase, die mich plötzlich überkam. Ihr wart alle zusammen, und ich habe eine riesige Macht und Energie in meiner Brust gespürt. Ihr habt Macht und Wahrheit ausgestrahlt. Das fand ich toll."

„Du bist also auf diese emotionale Erregung abgefahren, auf dieses Stimmungsding, richtig? Das hat dich angemacht?"

„Ja, so ungefähr. Rein künstlerisch kann ich das Gedicht, das du vorgetragen hast, jetzt gar nicht beurteilen. Ich kann mich nicht mehr dran erinnern, höchstens an die ersten zwei Zeilen vielleicht."

„Und trotzdem denkst du, dass ich ein fetter Dichter bin. Du fandst die Stimmung toll an dem Abend und glaubst, dass meine Gedichte hohe Kunst sind und was taugen."

„So ungefähr."

„Daran siehst du wieder mal, Kumpel," – er richtete das Wort an den sturzbetrunkenen Jarik-Marik – „dass für die breite Masse der Bevölkerung Literatur im Allgemeinen und Dichtung im Besonderen, vor allem in unserer kaputten Gesellschaft, nur Amüsement ist. Er", rief Jurik und zeigte auf Saschko, „ist auf dasselbe abgefahren wie im Zirkus, im Kino, auf einem Punkkonzert oder auf einem Pornofilmfestival. Es geht nur um das Gefühl, um das unmittelbare Eintauchen in eine Welle, die dich erfasst, fortträgt und glauben macht, dass das toll ist, was du da eben gesehen hast."

„Genau, Kollege, der wahre künstlerische Wert und die Originalität eines Sprachkunstwerks interessieren überhaupt niemanden. Die Mühe, die ein Künstler auf jedes einzelne Phonem verwendet, wird gar nicht wahrgenommen. Das Showbusiness frisst die gute Literatur", pflichtete Jarik-Marik ihm bei.

„Würde ich so nicht sagen", widersprach Saschko. „Wenn ich etwas höre oder lese, versuche ich mich damit tiefer auseinanderzusetzen. Zu beurteilen, wie etwas handwerklich gemacht ist, sozusagen. Das ist doch wichtig. Dass Jurik mich so interessiert und gefesselt hat, ist eher ein Zufall, eine Ausnahme von der Regel."

„Sag bloß?! Klassische Schule, oder wie?" Jurik schaute ihn neugierig an.

„Keine Ahnung. Ich glaube einfach, Dichtung ist ein sehr fragiles Spiel. Ein Spiel auf Leben und Tod. Ein Drahtseilakt: Wenn du einen falschen Schritt machst, ein falsches Wort sagst oder schreibst, stürzt du in den Abgrund, und einen Augenblick später ist nichts mehr von dir übrig."

„Das ist von Ferlinghetti, du Klugscheißer", sagte Jurik ernst.

„Kenn ich nicht. Okay, ich mache einen anderen Vergleich."

„Na, los, mach schon", riefen die zwei und schauten ihn erwartungsvoll an.

„Gedichte schreiben ist wie am Galgen baumeln mit einer Schlinge um den Hals. Da gibt es nicht so viele Varianten, wie sich die Sache weiterentwickeln kann."

„Und welche?"

„Entweder wirst du müde und kraftlos, und früher oder später machen deine Beine nicht mehr mit. Du fällst, bist nicht mehr aktuell, wirst nicht mehr gebraucht. Du baumelst an deinen eigenen Gedichten, hast keine Kraft mehr, dich mit ihnen zu halten, und stirbst."

„Oder?"

„Oder die Zeit stürzt dich, wenn du beim Schreiben Fehler machst. Sie stößt dir die Stütze unter den Füßen weg."

„Soll das heißen, die Dichter können nur wählen zwischen dem Vergessen und dem Tod in der Schlinge?"

„So ist es. Und der wahre Dichter ist einer, der all das gelassen, verständig und stoisch erträgt."

Jurik schaute Saschko finster an, tauschte einen Blick mit Jarik-Marik. In einem Anfall von Aggression und Wut packten die beiden Saschko, fixierten seine Arme mit Klebeband auf dem Rücken und verbanden ihm mit einem Tuch die Augen. Während Jarik-Marik den gefesselten Jungen bewachte, suchte Jurik in seiner Abstellkammer nach einem Strick. Im Nu war die Schlinge fertig. Sie riefen die ganze Truppe ins Wohnzimmer, wo am meisten Platz war. Sie schalteten das Licht aus und zündeten Kerzen an. In Erwartung eines Spektakels verstummte die Gesellschaft. Als der Gastgeber Saschko mit gefesselten

Armen und verbundenen Augen hereinführte, pfiff einer. Als Jurik das Seil mit der Schlinge am Ende an den über der Tür eingeschlagenen Haken hängte, seufzte ein anderer. Alles war bereit. Der Strick spannte sich wie eine Saite, Jurik und Jarik-Marik hielten den armen Hund fest, damit das Seil nicht zu früh riss. In der Schlinge sah Saschko aus wie eine Leiche. Sein Gesicht war weiß wie Papier, mit jeder Sekunde traten seine Gesichtszüge schärfer hervor.

„Der Typ hier hat vor ein paar Minuten gesagt, ein Dichter zu sein hieße, mit einer Schlinge um den Hals auf den Tod zu warten. Und der wahre Poet sei derjenige, der im Angesicht der Zeit seine Vergänglichkeit, Endlichkeit und Erbärmlichkeit würdig ertrage. Richtig, Saschko?", fragte er den Todeskandidaten.

„Ja, richtig", sagte dieser tonlos.

„Für das, was man gesagt hat, muss man auch einstehen. Keiner hat dich zu diesen Aussagen gezwungen. Ich illustriere hier lediglich deine Ansichten. Kannst du eins von deinen Gedichten auswendig?"

„Klar." Saschkos Stimme zitterte.

„Das trägst du uns jetzt vor. Wenn du es nicht schaffst, uns zu überzeugen und mitzureißen, und uns nicht dazu bringst, dir die Schlinge abzunehmen, dann trete ich den Hocker unter dir weg. Alles ganz fair. Also los."

***

Innerlich hatte ich mich schon von allen verabschiedet. Die letzte, der ich Adé sagte, war das Mädchen mit den langen, braunen Haaren, die mich heute geküsst hatte. Dumm gelaufen, feiere schön nächste Woche. Ein Gedicht soll ich vortragen, hat Jurik gesagt. Warum nicht. Was gibt's denn da so ...

„Wir laufen durch endlose Alleen, gesäumt von unberührtem Gras, Fetisch, Hure, Liebe, Kind und Waffe ist einer dem anderen. Wir sind zwei."

Was die sich wohl denken ... Die fliegen doch auf, werden gefunden, kommen hinter Gitter. Wozu das alles, wozu der ganze Zirkus?

„Du hast nicht gewusst, dass zwei ein Universum sind, einer dem anderen Rettung vor Flut und Beben. Einsamkeit ist Nichtsein, Jenseits, Abwelt."

Die Lippen sind trocken, wollen kein Wort mehr formen. Wer hätte gedacht, dass es fast unmöglich ist, Gedichte zu rezitieren, wenn man nichts getrunken hat.

„... der wir entwachsen müssen, ganz gleich, was wir gesagt haben."

Ich war mir sicher, dass der Hocker gleich nach der ersten Strophe fallen würde. Jedes weitere Wort verschlimmerte meine Anspannung, denn es rückte mich näher an den entscheidenden Schlag. Am Anfang war ich noch bereit, ihn hinzunehmen, jetzt nicht mehr. Denn ich will noch eine halbe Minute länger leben – und ich habe wieder Hunger.

„Korn ist auf der Erde verstreut. Das sind wir – jung und lebendig. Wir schlagen Wurzeln, schlank und warm recken sich unsere Körper nach der Sonne, der Einsamkeit entrissen. Wir laufen am ..."

Endlich!

Jurik tritt gegen das Stuhlbein, meine wacklige Stütze kippt – glücklich falle ich ins Bodenlose und spüre mein Herz zerspringen. Doch wider Erwarten strafft sich der Strick nicht, bricht mir nicht das Genick, nimmt mir nicht die Luft. Ich falle einfach auf den Boden. Stoße mich am Kopf, habe Schmerzen, sehe Sterne. Hastige Schritte dringen in die Stille. Kühle Hände legen sich mir auf die Stirn, wischen das Blut von den Schläfen, nehmen mir das Tuch ab.

Sie. Küsst mich auf die Augen, dann wieder so wie vorhin, ich schmecke mein Blut.

Jurik lächelt zufrieden, ich hätte mich wacker geschlagen, sagt er. Auch Jarik-Marik, der kurz vor dem Tritt den Strick zerschnitten hat, lächelt. Schneidet das Klebeband auf, sagt, ich sei ein super Typ. Bringt mir ein Glas Kognak. Ich nehme es mit tauben Händen, trinke auf ex. Was für Idioten, diese Poeten.

# Dritter Stock

**Wohnung 21, 22, 23**

## Wohnung 21
## July Morning

Wlad öffnete die Augen. Es war zu hell, er konnte nicht mehr schlafen. Seine Fenster gingen nach Osten, und abgesehen von ein paar wolkenverhangenen Tagen im Herbst schien die Sonne vom frühen Morgen an in sein Zimmer. Solange Wlad zurückdenken konnte, wurde er von Sonnenstrahlen geweckt. Er war früh wach und schüttelte schnell den letzten Schlaf ab.

Er öffnete die Augen und setzte sich im Bett auf. Lauschte auf die Geräusche in der Wohnung. Nicht das kleinste Rascheln. Weder krächzten die Dielen eines ihrer heiseren, kläglichen Lieder, noch rauschte Wasser in den Fallrohren. Der Ventilator, den er vor dem Zubettgehen ausgeschaltet hatte – sogar Wlad wusste, dass es gefährlich war, bei laufendem Ventilator zu schlafen – stand, halb verdeckt von der Gardine, mürrisch schweigend in der Zimmerecke. Auch von draußen drang kein Laut herein, was an einem frühen Julimorgen nicht weiter verwunderlich war. Sogar im Schlafzimmer der Eltern war endlich Ruhe.

Er gähnte sacht, bemüht, kein Geräusch zu machen, und schlug die luftige Sommerdecke zurück. Setzte die nackten Füße auf den Boden und gewöhnte sich langsam an die kühlen Dielen. Er stellte sich auf die Zehenspitzen, verschränkte die Hände, wie es der Sportlehrer ihnen gezeigt hatte, und dehnte sich. Der Rücken knackte kurz und wurde beweglich. Wlad hielt die Spannung eine weitere Minute und lauschte in die Stille. Dann öffnete er leise die Tür und schlüpfte in den dunklen Flur hinaus.

Flur und Abstellkammer waren die beiden Räume, in denen Wlad unendlich viel Zeit verbringen konnte. Und Zeit hatte der Siebenjährige, der gerade seine ersten großen Ferien erlebte, mehr als genug. Die Erwachsenen waren entweder den ganzen Tag in der Arbeit und kamen dann abends müde, oft auch wütend und verärgert heim, oder aber, wenn das Wochenende kam, beachteten sie ihn einfach nicht. Einmal hatte Wlad versucht, seiner Mutter das zu verstehen zu geben, doch sie sagte, er sei ja nun schon groß, ginge zur Schule und hätte lauter Einser. Er sei kein kleines Kind mehr und könne sich sehr gut allein beschäftigen. Der Papa und sie hätten nämlich viel zu tun. Wirklich sehr viel. Und wenn er sie störte, würden die ganzen Aufgaben liegenbleiben. Dabei mussten sie doch erledigt werden. „Du musst lernen, Verantwortung zu übernehmen, Wlad, du bist doch schon groß, du musst selbständig werden", sagte die Mutter.

Vor diesem Gespräch war Wlad gar nicht aufgefallen, welche Aufgaben seine Eltern so überaus dringend zu erledigen hatten. Jetzt schaute er genauer hin. Wlad fand das alles eigentlich nicht weiter schwierig. Den Eltern oblag es, früh um fünf Uhr aufzustehen, einen starken Kaffee zu trinken (nacheinander, nicht gleichzeitig), im Radio die Nachrichten zu hören, sich zu duschen (nacheinander, nicht gleichzeitig), sich anzuziehen, die Lunchbox und die Thermoskanne im Flur einzupacken und die Wohnung zu verlassen – ebenfalls nicht gemeinsam, sondern nacheinander mit einer Viertelstunde Abstand. Der Vater ging als erster los und schloss nicht ab. Dafür schaute er immer zu Wlad hinein, der auf dem Sofa schlief, und gab dem schlummernden Jungen einen Kuss auf die Stirn, ehe er ging. Seine Mutter schaute nie zu ihm hinein, dafür schloss sie ab. Einmal hatte Wlad sie gefragt, warum sie nie hereinkäme, um ihm tschüss zu sagen. Die Mutter hatte sich herausgeredet und ihm gereizt erklärt, sie könne sich morgens nur schwer konzentrieren und brauche ihren geregelten Ablauf mit möglichst wenigen Verrichtungen. Käme sie noch zu Wlad ins Zimmer, würde sie dafür etwas anderes vergessen. Zum Beispiel die Thermoskanne mitzunehmen oder das Handy aufzuladen oder – nicht auszudenken – die Tür abzuschließen. Und wenn sie nicht abschloss, käme womöglich ein Einbrecher. Und täte ihrem geliebten Sohn etwas Schlimmes an. Das würde sie nicht überleben. Deswegen würde am besten alles so bleiben, wie es war. Sie strich Wlad über das weiche semmelblonde Haar und tat so, als bedauere sie das alles schrecklich. Wlad spürte ihre müde Hand, schloss die Augen und gab vor, den ganzen Quatsch zu glauben, den sie ihm da gerade erzählt hatte.

Seine Mutter ging später, kam aber früher heim als sein Vater. Ein paar Minuten nach halb fünf drehte sich der Schlüssel im Schloss, und sie umarmte den Jungen, der sich noch in der Tür, des Wartens müde, an sie klammerte. Dann gingen sie zusammen in die Küche und aßen etwas. Wlad erzählte, was er den Tag über so gemacht hatte, seine Mutter sagte meistens nichts, äußerst selten fragte sie nach, allerdings ohne besonderen Elan. Dann ruhte sie sich im elterlichen Schlafzimmer ein paar Stunden aus. Sie lag einfach da, las nicht und rührte sich nicht. Manchmal sah sie fern. Meistens jedoch blieb der Fernseher aus. Wlad schaute hin und wieder zu ihr hinein und blickte sie an. Manchmal seufzte er laut, um sich bemerkbar zu machen. Aber seine Mutter reagierte nie. Wlad blieb noch ein Weilchen stehen und kehrte dann zu seinen Beschäftigungen zurück.

Ein paar Stunden später, kurz vor acht, kam der Vater nach Hause. Er war oft erschöpft, blieb aber fröhlich. Er brachte dem Jungen immer irgendeine Kleinigkeit mit. An den Fingerkuppen, Handgelenken und um die Augen klebte spröder schwarzer Kohlenstaub. Mama und er begrüßten sich müde und gingen in die Küche. Sie sprachen kaum und aßen vor dem Fernseher zu Abend. Sein Vater kam immer genau eine Viertelstunde vor Beginn der Nachrichten. Das schmutzige Geschirr ließen sie stehen, gingen ins Wohnzimmer und setzten sich dort vor den Fernseher. So ging es von Montag bis Freitag.

Die Samstage und Sonntage liefen ähnlich ab. Nur dass der Fernseher früher eingeschaltet wurde, so gegen zwei. Die ganzen Aufgaben, die seine Mutter gern anführte – einkaufen, putzen, waschen, bügeln – waren schnell erledigt. Dann setzten sich seine Eltern vor den Fernseher und schwiegen. Manchmal setzte sich Wlad dazu, aber er langweilte sich schnell und ging dann wieder in sein Zimmer. Ob das Fernsehen die Verantwortung war, von der seine Mutter gesprochen hatte, wusste er nicht so genau.

Der Flur und die Abstellkammer waren die zwei Orte in der Wohnung, an denen sich unendlich viel Zeit verbringen ließ. Der Flur war lang und zu jeder Tages- und Jahreszeit kühl. Im Sommer war es verblüffend: Das alte Gebäude heizte sich auf und ächzte unter der Hitze, der Flur hingegen war ein echtes Refugium. Dämmrig und kühl. Wenn man die Fenster in allen Zimmern und in der Küche gleichzeitig öffnete, gab es im Flur einen angenehmen Durchzug. Wlad spielte im Flur Schach oder Ball. Sogar Wettrennen konnte man im Flur veranstalten. Für jemanden in Wlads Alter natürlich. Für ein Kind sind sieben Meter vierzehn weit. Für einen Erwachsenen sind das fünf Schritte, so richtig schnell wird man da nicht. Und wenn doch, holt man sich an der Wand eine dicke Beule.

Woher Wlad die genaue Streckenlänge wusste? Sein Opa hatte ihm ein paar Monate vor seinem Tod ein Maßband geschenkt. Wlad war so begeistert, dass er in der Wohnung alles ausmaß, was er entdeckte und erreichen konnte. Er notierte sich alle Angaben in einem speziellen Heft. Er fand es gut, über seine Umwelt mehr zu wissen als seine Eltern. Nie im Leben hätten sie sagen können, wie hoch der Stuhl oder wie groß der Abstand zwischen dem Sofa und dem Fernseher war. Er konnte es.

Aber der Flur war mickrig im Vergleich zu dem, was die Abstellkammer zu bieten hatte. Wenn Wlad ihre alte, weiß getünchte Tür öffnete, kam es ihm vor, als würde er einen fremden Planeten betreten. In der Abstellkammer stand lauter unnützes Zeug. Dinge, die längst keiner mehr brauchte, die die Besitzer aber aus Faulheit oder Nostalgie nicht wegwerfen konnten oder wollten. So eine Art Tor zur Vergangenheit, denn der ganze Krempel, der da lag, hatte sein Leben ausgehaucht. Steinalte geschmiedete Bügeleisen und Werkzeugkoffer, Teile von alten Staubsaugern und Kinderwagen. Mehrere Rollen Kupfer-, Aluminium- und anderer Draht, den jemand in den Neunzigern von einem herrenlosen Weinberg geklaut hatte. Dort, in der Welt der Weinstöcke, der morschen Holzzäune und selbstgezimmerten Pavillons war Draht sehr gefragt. Wann immer etwas zu befestigen oder aufzuhängen war oder die Grundstücksgrenze markiert werden musste, kam der Draht zum Einsatz. Wer ihn in die Wohnung geschleppt hatte und warum, wo er doch hier nur herumlag, war unklar. Der Einzige, der wusste, dass es den Draht gab, und ihn auch hin und wieder benutzte, war Wlad, weil er die Abstellkammer immer mal wieder durchforstete. Außerdem stand da noch eine Kiste mit alten sowjetischen Wasserhähnen, Verbundstücken und Muffen. Vor zehn Jahren, als alle noch die Wasserhähne aus der Stalin-Zeit hatten, war der Kisteninhalt von unschätzbarem Wert. Jetzt waren die Wasserhähne aus Kunststoff. Wozu und für wen wurde dann diese Zig-Kilo-Kiste voller Schrott aufgehoben? Kannst du deinem Freund mit deinen gelagerten Beständen aus der Klemme helfen, wenn sein Wasserhahn kaputtgeht? Dein Freund hat schon länger Kunststoffhähne als du. Und außerdem spielt das Aussehen heute eine wesentlich größere Rolle als die Funktionalität, und da kommst du mit deinen steinalten Schrotthähnen! Diese Ungetüme setzt heute keiner mehr ein, nicht mal, wenn du was drauflegst. Ganz zu schweigen davon, dass du gar keinen Freund hast. Und du verwendest die Dinger auch nicht mehr, aus den genannten Gründen, der Weinberg wurde geplündert und die Laube abgefackelt, wo man die Dinger noch hätte lagern können. Die Vergangenheit kommt nie zurück, der Schatz ist wertlos geworden, auf den Müll damit. Oder auf den Schrottplatz. Inflation.

Die Rumpelkammer nahm Wlad tagelang in Beschlag, er kramte alle möglichen Dinge hervor, deren Funktion, Wert und Nutzen ihm schleierhaft waren. So verbrachte er seinen Sommer. Allein zwischen dem ganzen überflüssigen Krempel. Irgendwann fühlte er sich selbst überflüssig, und seine Eltern gaben sich keine besondere Mühe, dieses deprimierende Gefühl zu zerstreuen.

***

Wenn jemand mit Walera befreundet wäre und ihn einfach so fragen würde, an welchem Wochentag er am liebsten zur Arbeit gehe, hätte Walera sofort die Antwort parat. Samstag, ganz eindeutig. Meistens ging's Samstag auf der Arbeit locker und entspannt zu. Es war kaum jemand da, auch in der Chefetage nicht. Und wenn die Vorgesetzten nicht da waren, gab es auch kaum Arbeit. Das war paradox.

Besonders angenehm am Samstag war, dass Walera nicht schon um dreiviertel sieben, sondern erst um halb neun anfangen musste. Also brauchte er erst gegen sieben aufzustehen, für einen Werktätigen Luxus pur.

Samstags wurde Walera immer kurz vor sieben wach, ganz ohne Wecker. Er schickte ein heiteres Lächeln zur Zimmerdecke, rieb sich die Augen, summte vor sich hin und machte sich fertig. Mineralwasser, Morgenzigarette, Marke *Parlament*, die Ausnahme am Samstag und nicht das billige Zeug, das er auf der Arbeit rauchte, Kaffee, Dusche, ein schnelles Frühstück, und schon war er aus dem Haus und mit einem stillen Lächeln unterwegs durch die menschenleeren Straßen zur Fabrik. Die Stadt war wunderbar, wenn die Straßen leer waren.

Was machte man auf der Arbeit, wenn es keine Arbeit gab? Walera betrachtete die Samstage als Psychotherapieeinheiten. Entspannung, Meditation, Ruhe.

Endlose Kaffee- und Teepausen mit seinen Kollegen, so dass sich die Zähne zum Abend hin gelb färbten von den billigen Getränken, die mit dem genau genommen nicht gerade sauberen Fabrikwasser aufgebrüht wurden. Endlose Rauchpausen, so dass sie nicht wie sonst ein Päckchen, sondern fast anderthalb schafften. Der Körper reagierte immer sehr empfindlich auf diese Zumutung und signalisierte seinem Besitzer, dass es des Guten zu viel gewesen war, dass er es übertrieben hatte, gegen Nachmittag, am Ende der Schicht, kam ein langer quälender Husten, der zähen, schwarzen Schleim produzierte. Endlose Gespräche über Gott und die Welt. Von denen Walera meistens schlecht wurde, weil sie sich fast immer nur darum drehten, wer sich wann und wo mit Wodka hatte volllaufen lassen oder dass die Abgeordneten alle schwule Säue waren, die man mal in die Fabrik holen sollte, damit sie endlich begriffen, was Arbeit war, und mal ordentlich schuften mussten.

Die Gespräche übers Saufen fand Walera nicht besonders interessant, und wie seine Kollegen „schufteten", war ihm auch klar. Sie kamen, tratschten, rauchten und tranken Tee, gearbeitet wurde nur, wenn es sich überhaupt nicht vermeiden ließ. Erledigt wurden die Aufgaben husch-husch, ohne jegliches Verantwortungsgefühl für den Produktionsprozess. Dass wirklich „geschuftet" wurde, kam äußerst selten vor, es fühlte sich eher an wie ein anstrengendes Workout, wie ein straffer Trainingsplan, zu dem eine gute Selbstorganisation und Konfrontationserfahrungen gehörten, die von Gerüchen, Geräuschen, dem Aussehen des Servicepersonals und der dämlichen Gäste hervorgerufen wurden.

Walera, einen von Grund auf verantwortungsbewussten Menschen, machte diese Einstellung mitunter wahnsinnig, aber er war der Einzige, der so empfand. Zumindest in seiner Brigade. Und weil er keine Lust auf das ewige Palaver übers Saufen und die Parlamentarier hatte, die seiner Meinung nach nicht schlimmer waren als die hiesigen Pappenheimer, machte er sich aus dem Staub und schlenderte übers Werksgelände, man könne ihn ja, ließ er wissen, übers Handy erreichen, falls er gebraucht würde.

Am Wochenende kam ihm das Werk wie ein riesiges altersschwaches Tier vor. Schwer atmend lag es da. Der Boden unter ihm vibrierte, der Himmel breitete sich über ihm aus wie eine sanfte und leichte Decke, die den in der Nacht zum Samstag erkalteten Körper wärmte. Eine Decke, die im Nu zum Leichenhemd werden könnte, was in Anbetracht des fortgeschrittenen Alters und der Entkräftung des Geschöpfes kaum jemanden verwundern würde.

Walera lief über die Bahnschienen und trat nur zur Seite, wenn er einer Lok Platz machen musste. Die Lokomotiven zogen lange Waggonketten hinter sich her und schnauften schwer, die Lokführer, die er kannte, winkten ihm zu, manchmal hielten sie an, um sich von Walera eine Zigarette zu holen. Danach kletterte der Sozius zurück, der Lokführer hupte, der Zug rumpelte langsam aus der Fabrik hinaus Richtung Norden. Ein paar Kilometer weiter, hinter der Stadt, legte er sich in eine scharfe Kurve, als hätte ihn Rückenwind erfasst, und flog mit Volldampf

Richtung Süden. In den von der Sonne verblichenen und von chemischen Abfällen verschmutzten Hafenstädten am Asowschen Meer – Mariupol, Mykolajiw und Berdjansk – wurden sie schon erwartet.

Dass Walera hier auf einem Gleis stand, auf dem man bis in eine andere Stadt fahren oder sogar laufen konnte, fand er immer aufregend. Er fühlte sich als Teil eines großen, weit verzweigten, fest gefügten Systems. Wenn er wollte, könnte er jetzt alles hinschmeißen, sich einen Rucksack mit Essen füllen und auf den Bahnschienen fortgehen, immer dem Lauf der Sonne nach. Bei den Eisenbahnern Zigaretten schnorren, zuerst bei denen von hier, den ukrainischen, danach bei den polnischen, tschechischen, österreichischen, deutschen, französischen, spanischen. Im Gras neben dem Gleis schlafen, aus Brunnen am Weg trinken oder Durst leiden, wenn mal kein Wasser zu finden war. Wenn er wirklich wollte, könnte er es bis Lissabon schaffen. Dort auf den Markt gehen, Feigen kaufen oder was die Leute, die Portugiesen, da eben so aßen, mit seinem ostukrainischen Akzent in der dortigen Sprache Eindruck machen. Mit seiner hellen Haut, die noch gebräunt um einiges heller sein dürfte als die Haut eines durchschnittlichen Portugiesen, Aufsehen erregen. Mit erstaunlichen Geschichten aufwarten, die er, der moderne Marco Polo aus Makijiwka (todsicher würden die Massenmedien auf ihn aufmerksam werden und ihm diesen Namen verpassen), auf dem Weg dorthin, ans Ende der Welt erlebt hatte. Endlich am Meer angekommen, könnte er beobachten, wie die korrupte Sonne sich vom State Departement kaufen ließ und vertragsgemäß genau dort unterging, wo Amerika lag. Dann könnte er die Feigen herausholen, sich erschöpft, die Beine nach Westen gerichtet, am Wasser niederlassen und genießen, wie der Atlantische Ozean seine Waden umspielte.

Oder sollte er doch lieber nach Osten gehen, nach etwa sechzig Kilometern die Grenze zum Bruderland überqueren und der aufgehenden Sonne entgegenlaufen? In derselben Sprache bleiben und nur die Klimazonen wechseln. Auf mediales Interesse brauchte er dort allerdings nicht zu hoffen. Wen interessierten schon die Abenteuer eines Ukrainers in Russland? Alles alte Kamellen, damit lockte man niemanden mehr hinterm Ofen vor. Nach der Durchquerung des halben Kontinents würde er irgendwann in Wladiwostok ankommen, über die Geschichten der Einheimischen staunen, alle mit seiner hellen Haut verblüffen und nach und nach Chinesisch lernen. In den Stillen Ozean springen und Schwermut und Erschöpfung abspülen.

Er könnte natürlich auch zu anderen Orten aufbrechen. An keinem einzigen kannte Walera irgendwen, aber theoretisch war es natürlich möglich. Diese potentielle Möglichkeit ließ ihn, so komisch das auch klang, durchhalten, stärkte ihn und machte ihm Mut. Theoretisch war es möglich. Theoretisch könnte er alles stehen- und liegenlassen, aufbrechen, ankommen, sich auflösen, bleiben, sich anpassen. Und sogar zurückkommen, auch das wäre – rein theoretisch – möglich. Meistens behelligte ihn am Samstag keiner, und er träumte vor sich hin, während er durch die Fabrik schlenderte, über die Gleise lief, im hohen, kohleschwarzen Gras oder in einem alten Backsteingebäude saß, wo außer ihm und dem Wachmann keiner mehr hinkam. Manchmal allerdings holten ihn seine Kollegen aus den Träumen, indem sie anriefen und mitteilten, dass es was zu tun gäbe, dann kehrte Walera an seinen Arbeitsplatz zurück. Doch dank dieser Reisen, selbst wenn er sie nur in seiner Vorstellung unternahm, fühlte er sich glücklich und ausgeglichen. Mechanisch führte er die aufgetragenen Aufgaben aus, aß, trank Tee, rauchte, ging nach der Schicht duschen und kehrte bedächtig nach Hause zurück.

Fernsehen, ab und zu ein Bier, hin und wieder eine kleine Unternehmung mit seinem Sohn, das war alles, was sich zu Hause abspielte. Er fühlte sich wie in einem Käfig und hatte keine Ahnung, wie er sich daraus befreien sollte. Er war sozusagen ein typischer Bewohner einer typischen Arbeiterstadt.

***

Vorsichtig öffnete Wlad die Tür und schlüpfte in den dunklen Korridor. Ganz leise, damit seine Schritte möglichst nicht zu hören waren, ging er nach links, zum Zimmer seiner Eltern. Rasch und lautlos sprang die Tür auf, als er dagegen drückte. Er steckte seinen Wuschelkopf durch den Türspalt und schaute auf das Ehebett. Seine Eltern schliefen, ihr Atem ging gleichmäßig. Im Zimmer war es still und dämmrig – die Fenster gingen nach Westen hinaus, die Gardinen waren schwer und ließen kaum etwas von dem spärlichen Morgenlicht herein. Wlad wartete, doch seine Eltern rührten sich nicht.

Gestern hatten sie sich gestritten, bis spät in die Nacht waren ihre überspannten Stimmen zu hören gewesen. Er war immer wieder eingeschlafen, wenn das Geschrei abzuebben schien, aber einige Zeit später wurde er wieder munter, wenn der elterliche Streit erneut aufbrandete. Sie hatten sich über etwas in die Haare gekriegt, das ihm fremd und unverständlich war und ihm deshalb große Angst machte. Wlad lag im Bett, zog sich die Decke über den Kopf, lauschte, erhaschte vertraute Wörter. Doch wenn er versuchte, sie zu einem Ganzen zusammenzusetzen und zu verstehen, was passiert war, klappte es nicht. Ein paar Mal war er drauf und dran, heulend in ihr Zimmer zu rennen und ihnen zu sagen, sie sollten aufhören, leise sein und sich hinlegen, da es schon spät war. Aber er schaffte es einfach nicht aufzustehen. Er traute sich nicht, seine sichere, warme Höhle zu verlassen, er hatte Angst, alles noch schlimmer zu machen. Würde er jedoch abwarten und sich nicht einmischen, ginge vielleicht alles vorbei.

Jetzt betrachtete er sie und versuchte herauszufinden, ob tatsächlich alles vorbei war. Die Eltern lagen reglos da und atmeten kaum hörbar. Er konnte nichts erkennen. Wlad schloss behutsam die Tür und ging in die Küche. Er schob einen Hocker vor den Kühlschrank und öffnete ihn. Kletterte hoch, holte den kleinen Milchkrug und das kleine Glas Aprikosenmarmelade heraus. Machte den Kühlschrank zu und setzte sich an den Tisch. Goss sich ein Glas Milch ein und stellte es aufs Fensterbrett in die Sonne. Damit die Milch schneller warm wurde. Dann bestrich er zwei Stück Brot mit Marmelade und legte sie auf einen Teller. Er setzte sich, stützte den Kopf in die Hände und wartete. Dachte nach.

Vor kurzem hatten sie im Fernsehen einen Film angeschaut. Darin kam ein kleiner Junge vor, dessen Eltern sich gestritten und schließlich getrennt hatten. Danach führten sie vor Gericht einen erbitterten Kampf um das Kind. Der Vater beanspruchte das Kind, die Mutter auch. Wlad hatte den Film überhaupt nicht verstanden: Wie es aussah, liebten beide ihr Kind, warum sie es dann nicht gemeinsam versorgen konnten, war ihm schleierhaft. Das war es, was ihm am meisten Angst machte. Die geheime Macht, die sie daran hinderte, sich zusammen um das Kind zu kümmern.

Wenn alles vorbei war, dann gut. Die Eltern würden aufstehen und vergessen, was gestern gewesen war. Trotzdem musste Wlad die Dinge endlich selbst in die Hand nehmen. Er war ja schon groß und selbständig, hatte seine Mutter gesagt. Er würde alles tun, damit sich die Eltern nicht mehr stritten. Er würde sie erziehen, wie, wusste er zwar noch nicht, aber er würde das schon hinkriegen. Und dann würden sie sich nicht mehr streiten. Und sollten sie wieder anfangen, würde er einfach einen von beiden an der Hand nehmen und mit ihm draußen einen Spaziergang machen. Selbst wenn es tiefste Nacht wäre. Der andere könnte ruhig weiterstreiten. Mit sich selbst. Das machte nämlich überhaupt keinen Spaß, das hatte Wlad schon herausgefunden. Super Plan.

Und wenn es nun nicht vorbei ist und Mama und Papa sich trennen wollen, was dann? Streiten sie sich dann auch darum, zu wem ich komme? Und was weiter? Lebe ich dann bei dem, der gewinnt? Ich will aber beide. Was mach ich dann?

Wlad stand auf, ging zum Fenster und holte seine Milch. Er nahm einen Schluck, um zu testen, ob sie nicht zu kalt war, dann setzte sich wieder an den Tisch.

Oder soll ich lieber auf alles pfeifen und weglaufen? Durch die Welt ziehen? Von Stadt zu Stadt? Vielleicht finde ich neue Eltern. Das wäre zwar nicht dasselbe wie die eigenen, aber immerhin.

Solche Gedanken, einer schwerer als der andere, gingen Wlad durch den Kopf, während er sein Marmeladenbrot aß und seine Milch trank.

***

Walera stand auf, lächelte den Samstag an und schlug die Bettdecke zurück. Nach dem gestrigen Streit mit seiner Frau tat ihm der Kopf weh und das Herz noch mehr. Trotz allem war das Thema jetzt für ihn erledigt, er hatte gestern alles gesagt, und anscheinend hatte Natalka ja auch eingesehen, dass sie falsch lag. Also war die Sache wieder im Lot. Am Abend würden sie zusammen etwas unternehmen: er, sie und der Kleine.

Er ging in die Küche und sah den Jungen traurig da sitzen. Er liebte seinen Sohn und wollte ihm keinen Kummer machen.

„Guten Morgen, na, schon ausgeschlafen?“, rief er und strich Wlad übers Haar.

„Eigentlich nicht“, antwortete Wlad frei heraus. „Ihr habt gestern so lange und so laut geschrien.“

„Ja, entschuldige bitte.“

„Lasst ihr euch jetzt scheiden?“, fragte der Junge und hielt den Atem an.

„Ach, Quatsch.“ Walera goss sich Milch ein und setzte sich neben den Jungen. „Wir haben uns einfach gestritten. Erwachsene sind kompliziert, sie finden immer einen Anlass, um zu streiten. So war es gestern auch. Wir sind erschöpft, weißt du, es war eine lange Woche. Einer sagt was, der andere springt drauf an, dann gibt ein Wort das andere. Und schon ist der Streit da.“

„Und jetzt?“

„Nichts weiter. Wir haben uns entschuldigt. Es ist alles wieder gut.“

„Wirklich?“

„Ja, wirklich. Heute Abend gehen wir zusammen in den Park“, sagte Walera.

„In den Park?“ Die Augen des Jungen leuchteten.

„Hast du Lust?“

„Na, klar“, rief Wlad und kuschelte sich an seinen Vater.

In den Park, ha. Wer sich gestritten hatte, ging nicht in den Park. Wlad fiel ein Stein vom Herzen.

Der Vater brach zu seiner Samstagsarbeit auf, der Junge leerte glücklich seine Tasse und malte sich ihren ersten gemeinsamen Sommerabend aus.

***

Ein paar Wände weiter, im elterlichen Schlafzimmer, hörte die Mutter die Stimmen der beiden, wie Wlad am Abend zuvor seine Eltern gehört hatte. Ihr war bange vor der Entscheidung, doch sie wusste, dass es das Beste war, was sie tun konnte.

Heute Abend, wenn Walera von der Arbeit käme, säße sie schon im Zug und wäre unterwegs in eine andere Stadt und ein anderes Leben. Wahrscheinlich würden die beiden ohne sie nicht in den Park gehen. Aber das musste sie nicht mehr kümmern.

## Wohnung 22
## Ruh, die Blumenhändlerin

Der Schlüssel drehte sich zweimal im Schloss. Eine junge Frau in einem leichten Sommerkleid stürzte in die Wohnung, stolperte fast über die Schwelle und warf die Reisetasche in die Ecke. Die beängstigende Stille verflüchtigte sich durch die angelehnten Fenster. Hastig schloss die Frau von innen ab und rannte Hals über Kopf in ein Zimmer. Erst hier zog sie die Sandalen aus und legte die Uhr ab. Sie öffnete eine Schublade und holte ein paar Sachen hervor: Notizblöcke, Briefumschläge, zwei Äpfel, einen Camping-Korkenzieher, Dokumente in einem Plastikhefter. Zum Schluss nahm sie ein paar leere Bögen Papier und einen Kugelschreiber. Den drehte sie zwischen den Fingern, als müsste sie ihre Hand daran erinnern, wie sie zu kreisen hatte. Als müsste sie sich ihre eigene Handschrift in Erinnerung rufen. Sie rieb sich die Stirn, stützte den Ellenbogen auf und fing an zu schreiben. So sauber wie möglich.

„Jedes Mal, wenn ich mich von dir verabschiede, kommt es mir so vor, als würde mir sofort, noch auf dem Bahnhof, vor allen Leuten, ein Körperteil abgeschlagen. Ein Arm zum Beispiel. Oder sogar alle beide. Deswegen spüre ich auch deine Berührung nicht, mein Schatz. Das ist der Grund und nicht die große Entfernung zwischen unseren zwei Städten.

Bis zu unserem nächsten Treffen habe ich mich wieder gefasst, und die abgetrennten Gliedmaßen haben sich erneuert, sind nachgewachsen. Wie bei einer Eidechse. Regeneration oder wie das heißt. Ich habe dazu ein paar längere Artikel in einer Enzyklopädie gelesen. Dass ich etwas von einer Eidechse haben soll, finde ich eine komische Vorstellung. Dein geliebter Jim Morrison nannte sich *Lizard King*, Eidechsen-König. Dann nenne ich mich *Lizard Queen*, Eidechsen-Königin. Ich denke, der Himmel sieht die Entschlossenheit, das Vertrauen und das weite Herz, mit dem ich mich immer wieder deinem Beil ausliefere, mein Henker, längst bin ich die schönste und mutigste Eidechse.

Noch nicht einmal ein ganzer Tag ist seit unserer Verabschiedung vergangen. Deswegen unterdrücke ich den Schmerz noch, betäube ihn, es ist noch zu früh für eine Regeneration. Schatz, mein Schatz! Wenn du wüsstest, wie dankbar ich dir bin für diesen Schmerz und dafür, dass er irgendwann vergeht! Ach ...

Eigentlich wollte ich dir schon im Zug schreiben, weißt du das? Gleich nach unserer Trennung wollte ich alles erzählen, alles loswerden. Schmerz quillt aus meinen Wunden, und der Brief wäre wahnsinnig traurig ausgefallen. Aber der Zug hat so gewackelt, die Waggons sind so über die Gleise geholpert, dass meine ohnehin nicht besonders saubere Handschrift völlig unleserlich geworden wäre. Ich konnte es kaum erwarten, endlich anzukommen. Ich bin in die Wohnung gestürmt und habe mich sofort hingesetzt, ohne mich auszuziehen, etwas zu essen, die Katze zu füttern, meinen Mann anzurufen. Ich muss daran denken, wie wir jedes Mal, wenn wir lange getrennt waren, schon im Flur übereinander herfallen. Und dabei sogar vergessen, die Wohnungstür zu schließen. Nicht nur abzuschließen, sondern sie wenigstens anzulehnen. Manchmal haben wir noch kein Wort gewechselt und reißen uns schon die Kleider vom Leib. Genau, mein Schatz, das ist es, woran mich meine heutige Rückkehr erinnert, an unsere Leidenschaft. Hastig, ungeduldig, aufregend.

Ich habe das brennende, entwaffnende Verlangen, mit dir zu reden, das genauso ungestüm ist wie das Verlangen nach deinem Körper. Wenn ich jetzt dran denke, fange ich vor Erregung gleich wieder an zu zittern, meine Hand ist noch widerspenstiger als im Zug.

Ich muss mir erst mal einen Schluck genehmigen ...

In dem Laden die Straße runter, hinter der alten Apotheke, gibt's ja Whisky, wie du weißt. Mit der Verkäuferin war ich schon zusammen im Kindergarten, in den letzten paar Jahren, seit ich dich kenne, ja, ja, hat sie wegen mir immer Whisky da. Den schenkt sie nur an mich aus. Die ganzen Penner aus dem Viertel kriegen von ihr keinen Whisky, selbst wenn sie sie auf Knien anflehen würden. Aber die wollen auch gar keinen. Die nehmen was Billigeres. Denen gibt sie billigen Wodka oder höchstens Portwein. Im Plastikbecher. Ich kriege ein Glas, Eiswürfel und guten Whisky. Manchmal trinkt sie einen mit. Als Dankeschön bringe ich ihr einen Strauß Blumen aus meinem Laden mit. Meistens Tulpen, die, die ich in Utrecht bestellt habe, als ich das zweite Mal bei dir war. Sie stellt den Strauß in eine Kristallvase und wir trinken schweigend. Wer uns in dem Moment sieht, muss denken, wir haben was miteinander.

Das hat mir mein Mann erzählt. Kannst du dir das vorstellen? Er hat so getan, als wäre er eifersüchtig, aber eigentlich – ich hab's ja gesehen – hat er gehofft, es würde stimmen. Leider konnte ich seinem Blick und seiner Intonation nicht entnehmen, worum es ihm eigentlich geht: ob er Lust auf einen flotten Dreier hat oder ob er erleichtert ist über meinen Seitensprung, weil er sich dann nicht mehr drum kümmern muss, wie er mich befriedigen kann. Da hapert's ja schon lange ...

Jetzt habe ich mich ein bisschen gefangen. Wenn du weit weg bist, geht das leichter. Dann legt sich der Sturm schneller. Wenn du da bist, bricht der Sturm herein, anders kann ich es nicht sagen. Wie machst du das bloß, mein Schatz?

Du bist in meiner Wohnung immer stärker präsent. Wie du ja weißt, bin ich eine hoffnungslose Fetischistin. Alles, was ich in den letzten Jahren von dir bekommen habe (außer den Orgasmen und den blauen Flecken an der Hüfte und an den Handgelenken, mmh), steht in meinem Zimmer. Eine Freundin von mir hat sich das alles angeschaut und gesagt, mein Zimmer sei ein Altar oder ein Museum für jemanden. Die Bücher, die ich von dir mitgenommen habe, die Notizhefte, die du mir geschenkt hast, riechen nach dir, weißt du das? Ich bade in diesem Duft und spüre, wie er meine Haut streichelt. Besser können das nur warmes Wasser und du.

Eben hast du angerufen und gefragt, ob ich gut angekommen sei und was ich gerade machen würde. ‚Alles gut, ich mache nichts weiter, ich packe die Sachen aus', habe ich dich angelogen. Das ist so schön, dass ich dir einen Brief schreibe und dabei an dich denke und dass du jetzt auch gerade an mich denkst. Deine Fürsorglichkeit berührt mich. Ich fühle mich wie eine Zehntklässlerin, ein naives Ding, wirklich. In meiner Brust sticht es vor Glück. Ich hätte nie gedacht, dass ich mit über dreißig so was noch mal erleben würde. Wirklich nicht. Vielleicht klammere ich mich deswegen so an dich? Nicht aus heißem Verlangen, sondern weil das alles meiner Vorstellungswelt total widerspricht? Wegen dieser zärtlichen, unaufdringlichen und doch vollkommenen Fürsorge, wegen der ich mich als Mädchen fühle und nicht als Frau? An deiner Seite allerdings fühle ich mich so sehr als Frau, dass ich es gar nicht in Worte fassen kann. Und wie kommt es dann, dass ich mich manchmal mehr wie ein Mädchen fühle? Jetzt bin ich ganz verwirrt. Daran bist du schuld. Oder der Whisky. Der Whisky setzt mein logisches Denken im Nu außer Kraft. Der Whisky ist es, genau. Wenn mein Mann nach Hause kommt, regt er sich bestimmt auf, dass ich betrunken von der Dienstreise zurückkomme. Was kriegt der überhaupt mit?

Weißt du eigentlich, wie oft wir uns gesehen haben? Würde mich mal interessieren, ob du das weißt. Und ob du eine Strichliste führst über unsere Treffen, Tage und Stunden? Ich führe nämlich eine. Ich habe ein kleines Heft, da steht alles drin. Allerdings in Form von Rechnungen an Kunden. Ich schreibe das ja nicht eins zu eins auf. Ich muss mich ja in meinen Aufzeichnungen zurechtfinden. Andere Leute verstehen die Zahlen und Zeichen nicht.

Wir hatten neun Treffen. Neun, stell dir das mal vor. Ganze neun Treffen. Das nächste Mal gibt's was zu feiern – wir haben unser Zehntes! Das wird sicher toll. Oder was meinst du, mein Schatz? Ich könnte mich Anfang November freimachen. Wir halten doch bis November durch, oder? Ich weiß, du magst diese Fragen nicht besonders und planst ungern so langfristig. Aber du verzeihst mir doch meine Schwäche, oder? Ich habe immer Angst, dass ich nicht bis zum nächsten Treffen durchhalte, und deshalb würde ich gern von dir hören, dass du es genauso wenig erwarten kannst wie ich ... Wir halten doch durch, oder? Nimm dir einfach in der Zeit nichts Größeres vor. Außer dem Treffen mit mir.

Du hast eine seltsame Wirkung auf mich. Mein Gedächtnis hat sich verbessert. Eigentlich würde man ja erwarten, dass es nur in Bezug auf dich und alle Dinge, die mit dir zu tun haben, energischer und schneller reagiert. Aber das ist jetzt auch in anderen Bereichen so. Neulich auf einer Party blieb den Leuten der Mund offenstehen, weil ich alle Zaren der Romanow-Dynastie aufzählen konnte. In der Schule konnte ich das nicht, kannst du dir das vorstellen? Und jetzt auf einmal ... Auch die Lebensmittelpreise kann ich mir jetzt besser merken, und zwar in verschiedenen Läden und auf unterschiedlichen Märkten. Das ist beim Einkaufen sehr praktisch. Und bei den Büchern, die ich gelesen habe, kann ich mir plötzlich die Handlung merken. Weil wir darüber sprechen und ich den Inhalt nicht einfach vergessen, mich nicht einfach berieseln lassen darf, ohne für mich etwas daraus mitzunehmen. Früher konnte ich das. Als wir uns kennenlernten, habe ich einen dicken Wälzer in drei Tagen verschlungen. Eine Woche später hatte ich schon das Meiste vergessen, und nach einem Monat hätte ich mit dem Buch von vorn beginnen können.

Du hast eine wundervolle Wirkung auf mich, hör bloß nicht auf.

Du hörst ja auch nicht auf, sondern wirst einfach schneller. Mmmh. In solchen Momenten möchte ich am liebsten sterben. Sterben vor Genuss, damit du es nur weißt ... Einmal habe ich in einer Ausstellung ein Foto von einer Gaskammer gesehen. Auschwitz war das, glaube ich. Auf der rußschwarzen Wand sah man die Kratzspuren der Vergasten. In Todesangst hatten sie die Wände zerkratzt. Rate mal, woran ich in diesem Moment gedacht habe. Da kommst du nicht drauf. An die langen Kratzer von meinen Nägeln auf der Tapete bei dir im Flur. Du hast mich gleich an der Tür genommen, kaum dass ich meine Tasche abgestellt hatte. Von hinten, und ich dachte wirklich, ich sterbe. Nur dass ich mich im Gegensatz zu den armen Schweinen dem Schmerz mit meinem ganzen Körper entgegengeworfen, ihn herbeigesehnt habe wie noch nie.

Wenn du wüsstest, wie ich mich gefreut habe, als ich das nächste Mal bei dir war und gesehen habe, dass du die Kratzer nicht übermalt, nicht entfernt, ja nicht mal verdeckt hast! Das hat mich davon überzeugt, dass du keine andere hast, mehr als all deine Beteuerungen und Versprechen. Ich habe gesehen, wie sich die Frauen an dich ranschmeißen, auch fremde! Auf diesem Rockkonzert, auf dem wir letzten Winter zusammen waren, haben sich drei an dich rangemacht. Am liebsten hätte ich allen dreien die Kehle durchgebissen. Du hast sie in meiner Gegenwart elegant abgewimmelt. Aber wir sind ja immer nur ein paar Tage zusammen, dann bin ich wieder monatelang weg. Du hast einen Haufen *altbewährter Freundinnen*. Sie alle verbringen Zeit mit dir. Bleiben oft über Nacht. Sie sind alle schön, sinnlich, kraftvoll – du verstehst was von Frauen, das muss man dir lassen. Worin sie *altbewährt* sind, will ich lieber nicht so genau wissen. Ich vertraue dir einfach. Es ist unerträglich. Obwohl ich zugeben muss, dass mich meine Kratzspuren an deiner Tapete besänftigen. Schnurrschnurr.

Ich vermisse dich, mein Schatz, ich vermisse dich wahnsinnig. Manchmal möchte ich am liebsten alles hinschmeißen, meine Sachen packen und zu dir fahren. Deine Stadt gefällt mir viel besser als meine. Sie ist größer, lebendiger, schöner. Ich würde so gern mit dir zusammenleben. Oder wenigstens in deiner Nähe. Und nicht so weit weg. Damit ich nicht alle paar Monate ausbrechen muss, verstrickt in ein Lügennetz und in der Sorge, dass alles auffliegt. Ich möchte die Möglichkeit haben, dich auch mal zufällig zu treffen, auf der Straße oder in einem Café, selbst wenn's nur theoretisch ist. Ich möchte deine Zärtlichkeit auch mal spontan erleben, sofort und nicht mehrere Monate im Voraus geplant. Verstehst du das? Ich würde gern wissen, wie ich wäre, wenn ich eine halbe Stunde zu Fuß von dir entfernt wohnen würde. Wie wärst du? Wie wären wir?

Wir. Darf ich? Ich würde das „wir" gern kennen. Obwohl ich dir das nie gesagt habe. Aber ich wünsche es mir sehr. Ich spreche dieses „wir" aus, zaubere, hexe, rufe es herbei. Nimm dich in Acht, mein Schatz – ich bin eine Hexe, eine Schamanin, falls du es noch nicht bemerkt hast. Nicht umsonst habe ich damals, bei unserem dritten

Treffen, als es so heiß war und du Kopfschmerzen hattest, Regen herbeigehext. Und dann war alles schnell vorbei. Ich brauchte es nur zu wollen und in Gedanken auszusprechen. Also nimm dich in Acht, ich hexe uns dieses „wir"!

Das Einzige, was mich abhält, ist, dass du noch nie davon gesprochen, ja nicht einmal eine Andeutung gemacht hast. Kein einziges Mal. Ich habe Angst, alles aufzugeben, zu kommen und dich dann mit einer anderen zu erwischen. Ich habe Angst, mit dir darüber zu reden und zu erfahren, dass es dir nicht passt oder dass du es überflüssig findest.

Ich habe es schwer. Denn du weißt alles über mich. Wann ich schlafen gehe und wann ich aufstehe, was ich koche und worüber ich mich mit meinem Mann gestritten habe. Du kennst das kleinste Detail in meinem Leben, weißt alles, kennst mein ganzes Umfeld. Ich weiß über deine Kreise so gut wie nichts. Ab und zu kommen ein paar Namen bei mir an (Frauennamen natürlich, du Bock, am liebsten würde ich die Weiber in Stücke reißen), die du nennen musst, weil es nicht anders geht. Namen, die schnell genannt sind und bei denen ich doch nie weiß, was die Namensträgerinnen dir bedeuten. Ich hab von deinem Alltag gar kein richtiges Bild. Und das macht mich manchmal ganz verrückt. Bei deinem ironischen Unterton weiß ich nicht, ob du da jemanden versteckst oder nicht.

Ich sehe nur dich. Oder die Rolle, die du spielst. Die Kulissen sehe ich nicht. Und das macht mir Angst, mein Schatz. Manchmal ist das eine schreckliche Vorstellung.

Ich weiß, dass du mich brauchst. Aber ob du auch das „wir" brauchst? Drei Buchstaben, ein kurzes Wort, und, ach, was steckt nicht alles dahinter! Ich werde schwach. Manchmal scheint es mir, als läge der ganze Sinn des Lebens nur darin, dieses „wir" zu formen. Ein Laut, ein kurzer, gezielter Schlag. Diese Art zu denken habe ich auch von dir. Das ist deine Sprache, scharf und treffsicher wie ein Schuss. Knapp, aber gehaltvoll wie eine Berührung. Ich benutze jetzt auch kürzere Wörter. Und du ... Du bist so genial darin, Wörter zu kürzen, dass ich dahinsinke. Schon allein dein „Ruh“. Nach Klein-Ruh aus Milnes *Pu der Bär* hast du mich so genannt. Wir haben zusammen auf den Zug gewartet, und ich war hippelig wie ein Kind. Ich bin hin und her gelaufen, habe Ausschau nach dem Zug gehalten, einen Streit vom Zaun gebrochen, im Wartesaal fremde Leute angesprochen. Und da hast du mich Klein-Ruh genannt. Auch heute nennst du mich manchmal noch so, obwohl das schon ein paar Jahre her ist. Eine Kinderei, aber ich bin liebe das. Ruh, Klein-Ruh, deine Ruh. Niemand auf der ganzen Welt könnte so viel Liebe in einen einzigen Laut legen. Ich schmelze dahin, mein Schatz. Wie machst du das nur?

Mein Mann hat gerade angerufen und wollte wissen, ob ich zu Hause bin. Ich muss langsam Schluss machen. Damit ich den Brief noch zur Post bringen kann. Morgen habe ich es mir vielleicht schon anders überlegt. Ein Tag nach der Trennung oder zwei, das ist ein großer Unterschied, weißt du. Morgen traue ich mich nicht mehr, dir die Dinge zu schreiben, die ich heute geschrieben habe.

Der Monolog einer betrunkenen, erregten und verliebten Frau ist widerlich, ich weiß. Aber du bist mir doch nicht böse, oder? Sei nicht böse, wir halten schon bis November durch, es geht gar nicht anders. Und auch noch länger. Und meine Zweifel ... Wenn ich sogar an mir selbst zweifle, dann an allem anderen erst recht. Ich darf doch zweifeln, oder?

Du schaffst es immer, mich mit wenigen Worten zu überzeugen. Manchmal zerstreust du die Zweifel binnen weniger Sekunden. Wie vorgestern, als ich angekommen bin und du dich nicht freimachen konntest, um mich abzuholen. Ich sollte allein zu dir fahren. Ich laufe zur Metro, gehe durch die Schranke, nehme die Rolltreppe. Plötzlich klingelt es. Du. Ich gehe ran.

„Hallo. Bist du schon da? Alles in Ordnung?"

„Alles super. Ich bin gerade auf der Rolltreppe, du hast noch zwanzig Sekunden, dann ist die Verbindung weg."

„Wie viele Sekunden habe ich?"

„Jetzt nur noch zehn."

„Ich liebe dich."

Und weg war die Verbindung. Was sagt man denn dazu?

Ich dich auch, mein Schatz.

Ich muss jetzt los. Entschuldige, entschuldige zum eintausendsten Mal, dass ich neben einem anderen einschlafe und aufwache. Im Moment ist es noch so.

Ich umarme dich.

Deine Ruh."

Die Frau seufzte. Schnell, damit sie es sich nicht doch noch anders überlegte, schob sie den Brief in einen Umschlag, schrieb die Adresse darauf, ignorierte die Katze, die schon seit geraumer Zeit um ihre Beine strich, und rannte zur Tür. Öffnete. Der Schlüssel drehte sich zweimal im Schloss, und die beängstigende Stille kam zurück.

## Wohnung 23
## Satan und seine Freunde

Damals, in den fernen Neunzigern, gruselten wir uns schon allein vor ihrem Aussehen. Schwarze Lederjacken und Jeans, mit Kuli bekritzelte Gitarren, auf denen sie spielten, wenn sie im Treppenhaus oder bei gutem Wetter im Hof ihre Lieder grölten. Manchmal stanken sie nach Wodka oder Kotze. Sie nannten sich Satanisten, und wir kleinen Jungs, im Schnitt zehn Jahre jünger als sie, glaubten ihnen alles.

Zu der Zeit kursierten bei uns im Viertel Gerüchte, wonach in den Trafohäuschen und leerstehenden Luftschutzbunkern, die sich nach und nach in Müllhalden verwandelten, schwarze Rituale zelebriert würden. Angeblich hatte Sascha Knallbacke, der Sohn von Vira aus dem Parterre und führender Satanist des Viertels, einer lebenden Fledermaus den Kopf abgebissen und das Blut getrunken. (Inzwischen weiß ich, wer den Stuss erfunden hat, aber damals hatte ich immer, wenn ich an seiner Tür vorbeimusste, riesige Angst). Angeblich hatte Knallbacke beim Herz eines frisch getöteten Hundes geschworen, dasselbe auch mit Menschen zu machen. Angeblich vergewaltigte Silybum, sein engster Busenfreund, auf Geheiß Satans Frauen im benachbarten Stadtteil. Angeblich hatte Silybums kleiner Bruder, hinter seinem Rücken Silybum-Bum genannt, seine Seele dem Teufel verkauft und deshalb schon das dritte Jahr in Folge die Stadtolympiade in Geschichte und Ukrainisch gewonnen. Bei den Landesolympiaden fiel er jedes Mal mit Pauken und Trompeten durch, was uns zu folgendem Schluss brachte: Dem Teufel unterstand lediglich die Gerichtsbarkeit unseres Gebiets. Angeblich wurden auf dem nahen Friedhof grausame, blutige Orgien veranstaltet. Was eine Orgie war, davon hatten wir kleinen Stöpsel damals keine

Ahnung, aber die Wörter „grausam" und „blutig" reichten aus, damit wir vor der ganzen Truppe Schiss hatten. Wir fanden die Typen gruselig und versuchten, ihnen aus dem Weg zu gehen. Wir hatten Angst, auch nur in die Richtung von Knallbacke, Klinke, Silybum, Tschekist, Bum-Bum, Willi, Maroon und Bambi zu blicken. Heute weiß ich, dass sie Schwachköpfe und Perverse waren und geblieben sind (sofern sie nicht schon abgekratzt sind). Damals hatten wir vor dieser ganzen Truppe mit ihren Pentagrammen, Totenköpfen und Metal-Shirts einfach Schiss.

Die einzige Brücke zwischen ihnen und uns war Ruba. Der war so alt wie wir, ein Jahr jünger noch als ich. Ein witziger, segelohriger, sommersprossiger Rotschopf. Seit er acht war, soff er. Und rauchte. Mit neun konnte er ein paar Lieder von Metallica, Iron Maiden und Arija spielen. Später hat er mir Gitarre beigebracht und die Griffe für *Smoke on the water* gezeigt. Manchmal kam Ruba zum Fußballspielen zu uns rüber, und dann hörten wir immer, was es bei den Satanisten Neues gab. Es sollte noch zehn Jahre dauern, ehe man überall günstig ins Internet kam, andere Informationsquellen hatten wir nicht, also glaubten wir ihm alles, was er sagte. Ruba fühlte sich cool, wenn er uns seine Storys erzählte, und ein paar winzige Krümel dieser Coolness fielen auch für uns ab, wenn wir seine Storys weitererzählten – in der Schule, beim Jeet Kune Do, beim Fußballtraining oder sogar im Schachklub.

Ruba erzählte uns, wie er den Herrscher des Dunkels anbetete, Gebete rückwärts lernte, satanische Zeichen studierte, wie er und andere Pentagramme auf Grabsteine und Kirchenmauern malten, auf Orgien streunende Katzen und Hunde ausweideten und Satan als Opfer darbrachten, wie sie Portwein tranken, weil der Blut am ähnlichsten sah. Ruba sehnte das Reich der Finsternis auf der Erde herbei und erhoffte sich ein warmes Plätzchen in der neuen Hierarchie. Wir schwitzten Blut und Wasser, weil wir Angst hatten, dass er Beschwörungsformeln kannte, mit denen er uns in eine Kröte oder wer weiß was verwandeln konnte. Wir glaubten alles. Ruba hielt Satan für seinen Gebieter. Heute denke ich, dass Satan an solchen Dienern sicher keine große Freude hat. Wenn ich von solchen Dumpfbacken verehrt werden würde, bekäme ich eine langanhaltende satanische Depression, und es wäre mir peinlich, mich öffentlich zu zeigen.

Ein interessanter Gedanke. Vielleicht ist das der Grund, warum niemand je irgendeinen Gott mit eigenen Augen gesehen hat, weil die sich alle für ihre Gläubigen schämen?

***

Seitdem sind fast zwanzig Jahre vergangen. Diese Horde von Witzfiguren ist da gelandet, wo sie unweigerlich landen musste, nachdem sie sich auf den stachligen und undurchdringlichen Acker des postsowjetischen Satanismus begeben hatte. Die meisten von ihnen sitzen im Knast oder haben gesessen. Die einen wegen Drogen, die anderen wegen Mord und Raub. Einer ist verschollen, nachdem er zum Arbeiten nach Russland gegangen war, ein anderer hat sich mit dem Wind der Geschichte um einhundertachtzig Grad gedreht und läutet heute die Glocken in einer großen Kathedrale irgendwo hier im Donbass, ein anderer ist beim Sicherheitsdienst gelandet. Zum Glück für die Gesellschaft hat kaum einer Kinder in die Welt gesetzt. Dieser Zweig der Evolution endet also in einer Sackgasse.

Ruba schlägt sich indessen wacker. Als wir zur Schule gingen und studierten, als wir uns Arbeit suchten, hing er ab und soff. Doch als er irgendwann feststellte, dass seine ganzen Kumpel erst auf der Anklagebank und später im Gefängnis saßen, zog er die Reißleine und nahm zu seiner eigenen Verwunderung eine Arbeit auf. Die Arbeit war nicht gerade anspruchsvoll und setzte keine besonderen Kenntnisse voraus, aber Ruba, der seine ganze Kindheit und Jugend darauf verwandt hatte, Gebete rückwärts zu lernen, hatte ja auch keine Kenntnisse. Er kam, erledigte das, was man ihm auftrug, und ging wieder nach Hause. Seine Mutter, die seinetwegen schon völlig am Ende war, konnte nach ewig langer Zeit endlich wieder ruhig schlafen und brachte mit ein paar Krediten ihre Wohnung auf Vordermann. Sie hoffte, dass Ruba demnächst heiraten würde und dass die fleißige und hingebungsvolle Prinzessin, die sie auf einem weißen Pferd angeritten kommen sah, ihm die letzten Flausen schon noch austreiben würde. Dass Ruba nur Mädchen von der hiesigen pädagogischen Fachschule kannte, fand sie nicht weiter tragisch. Weil sie ja, im Unterschied zu uns, nie drin gewesen war und keine Ahnung hatte, was für Prinzessinnen da so rumliefen.

***

Ruba hörte es an der Tür klopfen. Seit seine Großmutter gelähmt war und nicht mehr aufstehen konnte, blieb die Klingel aus. Immer wenn jemand geklingelt hatte, war die alte Frau hochgeschreckt und konnte dann nicht mehr einschlafen. Um Scherereien zu vermeiden, hatten sie die Klingel einfach abgestellt. Vom Klopfen wachte die Oma seltener auf.

Ruba warf einen Blick auf die Uhr. Es war schon nach elf, der Samstag ging zu Ende. Eingeladen hatte er niemanden. Ruba blieb noch einen Moment liegen, weil er hoffte, der späte Gast würde sich, wenn keiner kam, wieder verziehen. Doch das Klopfen verschwand nicht, im Gegenteil, es wurde stärker. Offenbar trat jemand mit dem Fuß gegen die Tür. Erschrocken überlegte Ruba, ob er vielleicht jemandem Geld schuldete oder ob es einen anderen Grund gab, warum ihn jemand suchte. Da ihm nichts einfiel, war er erst mal beruhigt, schlüpfte in seine Shorts und ging zur Tür. Das Klopfen hörte sofort auf. Ruba schaltete das Licht ein und schaute durch den Spion. Silybum und Knallbacke standen draußen.

„Verdammte Scheiße“, entfuhr es Ruba.

Wieder wummerte es gegen die Tür, dieses Mal mit der Faust, und Ruba öffnete. Silybum und Sascha stürzten freudig herein, und ehe Ruba sich versah, schüttelten sie ihm die Hand.

„Hi, Alter.“ Knallbacke sah so aus, als freute er sich wirklich, Ruba zu sehen. „Wir sind grade erst raus aus'm Knast und wollten uns mal umgucken hier im Viertel, wer von den Alten noch so da ist. Bisschen zusammen abhängen, wie damals.“

„Wann denn damals?“, wollte Ruba wissen.

„Na, in den guten alten Zeiten.“ Silybum lächelte sentimental.

„Aber ohne Satanismus.“ Knallbacke schaute seinen alten Freund schuldbewusst an.

„Wie seid ihr denn drauf?“

„Ach, alles Teenagerrotz. Das haben wir erst im Knast gecheckt, Alter. Echt peinlich, die Sachen von damals.“

Ruba sah ihn ungläubig an, merkte aber beim genaueren Hinsehen, dass sie es ernst meinten. Die beiden waren gealtert, die langen fettigen Zotteln, einst der Stolz ihrer Jugend, waren verschwunden. Die von Narben übersäten Köpfe zierte nun eine Igelfrisur. Knallbacke bekam schon graue Stellen. Die Gesichter faltig, die Haltung unsicher. Ruba sah sie noch einmal an und hatte Mitleid.

„Willst du uns nicht einen Tee anbieten? Wir hätten was zu besprechen, da wär ein Tee nicht schlecht.“ Silybum schaute seinen alten Kumpel ungläubig an.

Ruba, der in Erinnerung hatte, dass es für seine Freunde eigentlich mindestens ein Bier sein musste, trottete in die Küche, Silybum und Knallbacke kamen hinterher.

„Psst, meine Oma ist gelähmt, aber sie hat Ohren wie ein Luchs. Weckt sie bloß nicht auf“, rief er.

„Wie geht's dir denn so, Kleiner?“, wollte Silybum wissen und schaute den erwachsenen Ruba an.

Der knurrte vor sich hin und zuckte mit den Schultern.

„Geht so. Hab jetzt Arbeit, erst mal als Transportarbeiter. Irgendwann wollen sie mir noch was Besseres geben. Ich halt hier den Ball flach, geh keinem auf den Geist und bin eigentlich kaum unterwegs.“

„Passt doch.“ Knallbacke fläzte sich auf einen Stuhl. „Ich habe die Ruhe erst mit Mitte dreißig schätzen gelernt. Hätte ich das eher gewusst, wär das schon mit fünfzehn mein Ding gewesen.“

„Meins auch“, schloss sich Silybum an.

Ruba fühlte sich in ihrer Gegenwart unwohl. Er wusste nicht, was er sagen und wie er sich verhalten sollte. Aus den zwei Leuten, zu denen er als Kind aufgeschaut hatte, waren über die Jahre zwei alternde Morcheln geworden, die einen jämmerlichen Anblick boten. Er würde ihnen jetzt also einen Tee machen. Und was dann? Was wollten sie von ihm? Hatten sie wirklich etwas zu besprechen wie in den „guten alten Zeiten“? Wohl kaum.

Ruba schenkte den Tee aus und stellte jedem eine Tasse hin. Aus dem Küchenschrank holte er Pralinen.

„Wie ich sehe, hält sich deine Freude über unseren Besuch in Grenzen, Kumpel. Vielleicht bist du müde oder ganz aus der Übung, spielt auch keine Rolle. Wir halten dich nicht lange auf. Wir trinken unseren Tee, und dann machen wir uns vom Acker“, sagte Sascha.

„Und was wolltet ihr mit mir besprechen?“ Ruba hatte keine Lust zu streiten.

„Ach, genau, das Gespräch“, sagte Silybum ausweichend.

„Also, es geht um Folgendes. Du bist doch der einzige aus der alten Truppe, der nicht gesessen hat. Korrekt?“, begann Knallbacke.

„Ja, könnte man so sagen“, erwiderte der Gastgeber und schlürfte seinen Tee.

„Knallbacke und ich, also, wir haben jetzt ganz zufällig eine größere Summe Geld in der Hand.“

„Zufällig?“

„Ja, zufällig. Der Überfall kam völlig ungeplant.“

„Wir haben eine Apotheke ausgeraubt, hat sich so ergeben. Wir hatten das eigentlich gar nicht vor. Aber der Wachmann hat Silybum blöd angemacht, sie haben sich in die Haare gekriegt, und da hat Silybum die Pistole gezogen und auf den Wachmann gezielt. Die Kassiererin hat's gesehen und gedacht, es wär ein Überfall. Und hat das ganze Geld rausgeholt. Hätten wir das vielleicht liegenlassen sollen?“

„Tja, krasse Geschichte, aber echt“, sagte Ruba und schüttelte den Kopf. „Hätte ihr euch nicht einfach entschuldigen und ohne das Geld abhauen können?“

Knallbacke und Silybum schauten sich verstört an: Auf diese Idee waren sie tatsächlich nicht gekommen.

„Seit wann seid ihr eigentlich raus?“ Ruba sah sie mitleidig an.

„Na, seit einer Woche.“

„Und heute habt ihr die Apotheke überfallen?“

„Mmh, vor ein paar Stunden. Im Stadtzentrum. Wir sind aber ganz clever abgehauen. Über die Höfe. Und dann mit einer Marschrutka hierher ins Viertel gefahren, passt schon.“

„Naja, wahrscheinlich haben sie uns mit der Überwachungskamera gefilmt“, murmelte Silybum geknickt.

„Und?“

„Was und – das Geld muss weg. Es ist nur eine Frage der Zeit, wann sie uns schnappen.“

„Ihr seid gerade mal eine Woche raus, und jetzt hängt ihr schon wieder drin?! Wie irre ist das denn?"

„Es war ganz spontan, ich hab's doch gesagt …" Knallbacke, der bissige Chef der Satanisten, sah so aus, als würde er gleich anfangen zu weinen.

„Soll das heißen, ihr wollt das Geld bei mir lassen?" Ruba kapierte endlich, worauf sie hinauswollten.

„Bei wem denn sonst?", fragte Silybum.

„Genau, Kleiner, bei wem sonst?", rief Knallbacke. „Mit dem Video von der Apotheke kriegen die uns schnell dran. Wir sind ja in der Kartei. Dann kommen sie zu uns und klappern nach und nach die ganze Truppe ab. Du bist der Einzige, der nicht im Knast war, deswegen kommen sie zu dir zuletzt. Logisch?"

„Total", erwiderte Ruba.

„Deswegen wollen wir das Geld hierlassen. Und dann verziehen wir uns für ein, zwei Wochen zu Silybum auf die Datsche."

„Die in Krynytschna?"

„Genau die. Da soll's jetzt total ruhig sein. Die Gärten werden nicht mehr genutzt, es gibt nicht mal eine Straße. Zwei Kilometer vor der Siedlung hat jemand die Straße mit Platten abgeriegelt, da kommt man mit dem Auto gar nicht durch. Da sucht uns bestimmt keiner."

„Und was dann?"

„Nichts. Du versteckst die Kohle so, dass sie keiner findet. Und wenn die Bullen kommen, was mit Sicherheit passieren wird, erzählst du denen, dass du arbeiten gehst und so. Dass du uns gar nicht gesehen hast. Deswegen sind wir extra nachts gekommen, das hat gar keiner mitgekriegt, ich schwör's."

„Und irgendwann kommen wir vorbei, holen die Knete ab und fahren mit dem Zug in eine andere Stadt."

„Alles klar."

„Hunderttausend sind für dich, wenn du mitmachst. Okay?“

„Geht klar. Und wie viel ist es insgesamt?“, flüsterte Ruba.

„Siebenhunderttausend, um den Dreh“, sagte Knallbacke und senkte die Stimme. „Was ist jetzt? Passt das?“

„Passt.“

„Perfekt.“

Silybum holte eine einfache Hemdchentüte aus seiner Tasche. Durch das dünne Plastik sah Ruba die Scheine.

„Und warum lässt du das Geld nicht einfach bei deiner Mutter?“, fragte er Knallbacke plötzlich misstrauisch. „Die alte Kanaille wohnt doch noch unten im Parterre.“

„Bist du bescheuert?“ Knallbacke zeigte ihm einen Vogel. „Die versäuft doch alles.“

„Auch wieder wahr.“

Die beiden tranken ihren Tee aus und schlichen sich unbemerkt aus der Wohnung. Ruba schloss sich in seinem Zimmer ein, schüttete das Geld aus und zählte nach. Die Jungs hatten nicht gelogen – es waren fast siebenhunderttausend, ein paar Hrywnja fehlten.

Ruba schichtete das Geld zu akkuraten Hunderttausender-Stapeln auf, wickelte jeden in eine extra Tüte und steckte alles zusammen in ein größeres Sackerl. Das verschnürte er mit einem Strick.

Lautlos verließ er die Wohnung und ging in den Keller. Er verstaute das Päckchen im Luftschutzkeller, zwischen altem Gerümpel. Dort war das Geld sicher.

Während er die Treppe hinaufstieg, versuchte er sich zu erinnern, wo Silybums Datsche war. Er wusste es noch. Am nächsten Morgen, ganz früh, würde er zur Polizei gehen und die beiden anzeigen. Dann würde er noch ein paar Wochen warten, die Tüte mit dem Geld aus dem vermüllten Luftschutzbunker holen, sich in den Zug setzen und in die weite Welt fahren, weg von dieser Dachgeschosswohnung und seiner bettlägerigen Großmutter, weg von diesem Haus mit seinen verrückten Bewohnern, weg aus dieser Stadt mit ihrem sauren Regen und ihrem giftigen Wind. Und wenn das Geld reichen würde, sogar weg aus diesem Land, in dem keiner Zweifel an Geschichten wie diesen hat.

## Oleksij Tschupa
## Noch ein paar Worte aus dem Keller

Was auch immer Autoren als Motivation für ihr Schreiben anführen: Die Honorare, das Dokumentieren der Wirklichkeit, die Untersuchung menschlicher Schicksale an einer Zeitenwende und so weiter, ich glaube, es gibt einen anderen Grund, warum jemand schreibt, und zwar, weil man dadurch ein bisschen Gott spielen kann. Das ist meiner Meinung nach ein ganz wichtiger Punkt. Der Autor erschafft Figuren, verfolgt ihre Entwicklung, spielt mit ihnen, und wenn sie ihm über sind, lässt er sie am Ende vielleicht sterben. Er kann eine Sintflut, einen Vulkanausbruch, eine Bartholomäusnacht oder was auch immer inszenieren.

Eigentlich ist es ein virtuelles Spiel: Die Figuren leben im Spinnennetz der Handlung, sehr selten nur tauchen sie im realen Leben auf, mit kleinen Gesten von Menschen auf Märkten oder Stimmen von Personen in der U-Bahn zum Beispiel. Ganz marginal. Wenn man das Buch aufschlägt, sind die Figuren da. Schlägt man das Buch wieder zu, sind sie weg. Sehr praktisch.

Ich glaube, die wenigsten Autoren würden ihren Figuren gern im realen Leben begegnen. Man müsste dann umständlich erklären, was man sich dabei gedacht hat. Müsste Verantwortung übernehmen.

Vielleicht ist das auch der Grund, warum Gott sich uns nicht zeigt. Er würde sich schämen für das, was wir durchmachen müssen, weil er schlechte Laune oder Lust auf ein Experiment hatte.

Als mir die Idee zu dem Buch kam, habe ich zwei, drei Monate zum Schreiben eingeplant. Ich dachte, es wäre ganz leicht: Die Texte sollten von einer Gegend handeln, die ich in- und auswendig kenne. Ich wollte mich sozusagen hinsetzen und alles abmalen. Und dann kam alles ganz anders. Plötzlich war das Land in Aufruhr, die Wesenszüge meiner Nachbarn traten auf einmal messerscharf zutage und waren viel sichtbarer. Ich saß über meinen Texten und vergaß, dass ich es mit echten Menschen zu tun hatte, die mir ungeschützt gegenüberstanden. Dass keiner von ihnen diese Geschichten je lesen würde, wusste ich, und dass ich mit niemandem über das Buch sprechen würde, auch. Ich würde keine Verantwortung für meine Figuren übernehmen müssen. Ich habe sie so gezeichnet, wie sie sind, ohne etwas zu erfinden oder zu vereinfachen.

Zehn Tage, nachdem ich das Buch beendet hatte, geriet mein Stadtviertel in Makijiwka zum ersten Mal unter Beschuss. Drei Monate lang hatte ich mich darauf vorbereitet: Ich hatte Sachen zurechtgelegt, Medikamente zusammengestellt, ein paar Kanister Wasser gekauft. Als das erste Geschoss ein paar Straßenzüge weiter einschlug, einen halben Kilometer entfernt vielleicht, bebte mein altes Haus, es war Zeit, in den Luftschutzkeller umzuziehen.

Ich nahm meinen Rucksack, meine Katze und lief nach unten. Unterdessen folgte die zweite Detonation, dann die dritte. Ich lief zum Bunker und war verdutzt: Da saßen all meine Figuren und schauten mich freundlich an. Bambi stand auf der Treppe und versuchte nervös, sich eine Zigarette anzustecken. Seine Hände zitterten, er verfluchte die Bürgerwehr mit den schlimmsten Ausdrücken und senkte den Blick, als ich ihn fragte, warum er sie denn unterstützt hätte. Iryna Royaltschuk und Klawa saßen in schweren Sesseln und seufzten ältlich. Den Zweiten Weltkrieg hatten sie als Kinder miterlebt, und jetzt waren sie verzweifelt, weil Angst und Tod wieder um sich griffen. Ruba stand mit einem Kumpel an einer Wand und starrte gedankenlos auf einen Punkt. Firman kam aus dem Haus und warf hastig seine Tasche zu Machmeds Jeep, und fünf

Minuten später rollten sie mit Karacho vom Hof. Olena saß still mit einer Straßenkatze auf dem Schoß gegenüber von Vira und dem Holzfäller und hörte sich gespannt ihre Geschichten darüber an, dass Poroschenko ein Mörder sei und alle Ukrainer Nazis. Fast alle waren da.

Ich verbrachte mit ihnen die Nacht im Keller. Meine Figuren waren lebendig geworden, sie liefen herum, hatten Angst vor den Detonationen und vor der Zukunft, schwitzten, seufzten, tranken Wodka zur Beruhigung, schrien und wurden hysterisch, wenn sie das Artilleriefeuer in wenigen Kilometern Entfernung hörten. Irgendwann kam es mir so vor, als wäre ich nicht mehr lebendig, als wäre ich eine Figur aus meinem Buch (schließlich wohnte auch ich hier, warum also nicht), die durch ihr altes Haus irrt wie durch ein Labyrinth und nicht wieder herausfindet.

Spät in der Nacht, als der nächste Beschuss begann, stieß die Blumenhändlerin aus dem dritten Stock zu uns. Sie war betrunken und ungeschminkt und deswegen ausgesprochen hübsch.

„Hallo“, sagte sie, „du bist auch hier?“

„Ja, klar. Wo soll ich denn sonst sein?“

„Ich dachte, du wärst schon längst weg. Ich hab dich den ganzen Sommer nicht gesehen.“

„Ich dich auch nicht.“

„Wir müssen abhauen. Hast du was, wo du hinkannst?“

„Ja.“

„Dann hau ab, Lesik.“

Ich schwieg und schaute ihr in die Augen. Die Blumenhändlerin lächelte zurück.

„Ich weiß, dass du ein Buch über uns geschrieben hast. Das hab ich auf deiner Facebookseite gesehen.“

„Sonst weiß das hier keiner.“

„Ach, scheiß auf die anderen. Die interessiert das gar nicht. Ich danke dir“ – plötzlich nahm sie meine Hand –

„du und ich, unsere Leben sind über dieses Haus miteinander verbunden. Und wenn wir jetzt alle weggehen, habe ich dein Buch für den Fall, dass mein Gedächtnis nachlässt. Verstehst du?“

„Na, klar“, sagte ich und nickte.

„Gibst du es mir irgendwann zu lesen? So eine Art Requiem über unser gemeinsames Leben in Makijiwka. Ein Denkmal. Ein Grabstein, würde ich sagen. Ich gebe dir meine Kontaktdaten, schick's mir zu.“

Wir redeten noch eine Stunde, dann ging sie schlafen, obwohl sie vielleicht noch nicht alles losgeworden war.

Am nächsten Morgen war ich schon abfahrbereit. Ich trennte mich von den Menschen, mit denen ich mein ganzes Leben verbracht hatte und die ich wohl kaum je wiedersehen würde, zumindest nicht in dieser Zusammensetzung. Ich trennte mich von den Kulissen, in denen ich mich blind bewegte und zurechtfand. Das letzte, was mir von meinem Leben in diesem Haus in Erinnerung bleibt, ist ein weißer Papierfetzen, der an der Türklingel steckte. Ein Papierfetzen mit der Mailadresse der Frau, die bei mir Blumenhändlerin Ruh heißt, die einzige von meinen Figuren, die weiterleben wollte.

Wir werden kaum hierher zurückkehren, Ruh, und mit Sicherheit werden wir dort nie mehr glücklich sein.

Aber immerhin sind wir es gewesen.

30.08.1986–20.08.2014

| **Begriff** | **Erklärung** |
|---|---|
| *Berkut, der* | (dt. Steinadler), Sondereinheit der ukrainischen Miliz, die von staatlicher Seite gegen Bürgerrechtler und Demonstranten eingesetzt wurde. Mit besonderer Grausamkeit gingen sie während der Euromaidan-Proteste gegen Demonstranten vor. |
| *Bubka, Serhij* | (*1963), international erfolgreicher sowjetisch-ukrainischer Stabhochspringer, u.a. Olympiasieger 1988 in Seoul. |
| *Datsche, die* | Von „datscha“ (dt. Wochenendhaus) |
| *Dsjuba, Iwan* | (*1931), ukrainischer Schriftsteller, sowjetischer Dissident, Kulturpolitiker, veranstaltete 1965 zusammen mit Wassyl Stus und Wjatscheslaw Tschornowil den ersten öffentlichen Protest in der Sowjetunion gegen die Inhaftierung ukrainischer Intellektueller. Wurde Anfang der 1970er Jahre inhaftiert und begnadigt, war 1989 Mitbegründer der ukrainischen Nationalbewegung *Narodnyj Ruch*. |
| *Fünfzig-Hrywnja-Schein* | Auf dem Fünfzig-Hrywnja-Schein ist Mychajlo Hruschewskyj (1866–1934) abgebildet, Historiker, Aktivist der ukrainischen Nationalbewegung, Präsident der Zentralna Rada, der provisorischen ukrainischen Regierung 1917. |

| | |
|---|---|
| *Hajdamakenaufstände, die* | Als Hajdamaken bezeichnet man Bauern und Kosaken, die im 16. und 17. Jahrhundert in der Rechtsufrigen Ukraine, also im Gebiet westlich des Dnepr lebten. In den Hajdamakenaufständen erhoben sich Kosaken und Bauern gegen den dort herrschenden polnischen Landadel und deren Verwaltungsleute, die versuchten, die freien Bauern in ihre Abhängigkeit zu bringen. |
| *Ibrik, der* | Metallkännchen zum Kochen von Kaffee oder Mokka über dem offenen Feuer |
| *Iljitsch* | Umgangssprachlich für Wladimir Iljitsch Lenin |
| *Kobson, Iosiff* | (1937–2018), sowjetisch-russischer Unterhaltungssänger, der aus dem Gebiet Donezk stammte, in der Sowjetunion und Russland große Popularität erlangte und nach 2014 die Annexion der Krim und die separatistischen Republiken in der Ukraine unterstützte. |
| *Kotljarewskyj, Iwan* | (1769–1838), Mitbegründer der ukrainischen Schriftsprache, sein Werk „Eneida“, eine Parodie auf Vergils „Aeneis“, die den Schauplatz in die Ukraine verlegt, erschien 1798 und gilt als erstes Werk in der ukrainischen Umgangssprache. |
| *Kozjubynskyj, Mychajlo* | (1864–1913), ukrainischer Schriftsteller, der zunächst der Bewegung der Narodniki nahestand und sich Zeit seines Lebens für die breite Volksbildung und die Verbreitung der ukrainischen Sprache einsetzte. |

| | |
|---|---|
| *Kyrill und Method* | Byzantinische Priester und Gelehrte, die im 9. Jahrhundert in den Siedlungsgebieten der Slawen missionierten und daher als Slawenapostel gelten. |
| *Lima, der das nächtliche Makijiwka schon viele Male aufs Geratewohl von einem Ende zum anderen durchquert hatte* | Anspielung auf den Anfang des Romans *Moskau-Petuschki* von Wenedikt Jerofejew |
| *Machno, Nestor* | (1888–1934) Bauernführer, Anarchist. In den Wirren nach der Russischen Revolution 1917 versammelte Machno in der südöstlichen Ukraine eine mehrere zehntausend Mann zählende Streitmacht und versuchte, ausgehend von kosakischen Traditionen des Egalitarismus, in Guljaj-Pole eine Anarchistenrepublik zu gründen. |
| *Marschrutka, die* | (dt. Linientaxi), von Privatunternehmern betriebene Kleinbusse, die auf einer festgelegten Route fahren und an einer beliebigen Stelle zum Ein- und Aussteigen angehalten werden können. |
| *Nachaliwka* | Inoffizielle Bezeichnung des Hirnyzkyj rajon in Makijiwka, von „nachalno“ (dt. dreist, frech, knallhart), das Viertel gilt als heruntergekommen und rechtsfreier Raum. |
| *Naftohas* | Staatlicher ukrainischer Energiekonzern |

*Natschalnik, der* — (dt. Chef, Vorgesetzter), aus der Sowjetzeit stammende Anrede, oft scherzhaft verwendet

*Nymphette* — Anspielung auf die Figur der Lolita in Vladimir Nabokovs gleichnamigem Roman

*Oblast, der* — Administrative Einheit in der Ukraine, vergleichbar mit dem Status eines Bundeslandes in Österreich

*Pan, Pani* — Pan (dt. Herr) und Pani (dt. Frau) werden im Ukrainischen als höfliche Anredeformen verwendet. Vor dem Hintergrund, dass diese Anredeform zu Sowjetzeiten durch *towarischtsch* (dt. Genosse) verdrängt wurde, wirkt die Verwendung von Pan und Pani heute besonders wertschätzend.

*Perestroika, die* — (dt. Umgestaltung), Reformpolitik, die 1985 in der Sowjetunion von Michail Gorbatschow eingeleitet wurde, die Umgestaltung der sowjetischen Gesellschaft zum Ziel hatte und 1991 mit dem Zerfall der Sowjetunion endete.

*Pugatschowa, Alla* — (*1949), sowjetisch-russische Popsängerin, besonders während der 1980er Jahre Person des öffentlichen Lebens und zivilgesellschaftlich engagiert.

*Puschka* — Stadtviertel in Makijiwka am Gwardijska-Platz

*Sahaidatschnyj, Petro* — (1570–1622) ukrainischer Militärführer, Politiker und zwischen 1614 und 1622 Hetman der Saporoger Kosaken

| | |
|---|---|
| *Schewtschenko, Taras* | (1814–1861), ukrainischer Nationaldichter, der einen wesentlichen Beitrag zur Entwicklung des Ukrainischen als Nationalsprache und zur Entstehung des ukrainischen Nationalbewusstseins leistete. |
| *Sosjura, Wolodymyr* | (1898–1965), ukrainischer Autor aus dem Donbass, in den 1920er Jahren Teil der avantgardistischen ukrainischen Literatur. |
| *Stefanyk, Wassyl* | (1871–1936), ukrainischer Autor, setzte sich mit galizischen Themen auseinander und wirkte zu Beginn des 20. Jahrhunderts in der Bildungsorganisation „Prosvita" mit. |
| *Stus, Wassyl* | (1938–1985), ukrainischer Dichter und sowjetischer Dissident, setzte sich als aktiver Vertreter der Gruppe der Schistdesjatnyky (dt. Sechziger) für eine erneuerte und autonome ukrainische Literatur und Kultur ein, mehrmals zu Lagerstrafen verurteilt, starb 1985 während der Lagerhaft in Sibirien. |
| *Tschekist, der* | Mitarbeiter der Tscheka, des im Dezember 1917 gegründeten Staatsicherheitsdienstes, ab 1922 GPU, ab 1934 NKWD, von 1954 bis 1991 KGB. Tschekist bezeichnet verallgemeinernd und umgangssprachlich einen Geheimdienstmitarbeiter in den Ostblockländern bis 1991. |
| *Tymoschtschuk, Anatolij* | (*1979) ehemaliger ukrainischer Fußballnationalspieler, von 1998 bis 2007 bei Schachtar Donezk unter Vertrag |

*Ukrainisches Haus* — Kulturhaus der Ukraine in Kiew, am Chreschtschatyk gelegen und während der Maidanproteste bis zu seiner Stürmung Hauptquartier der Demonstranten.

**Andrej Kurkow**
Kartografie der Freiheit
Roman
Aus dem Russischen von Claudia Dathe
624 Seiten, gebunden mit Schutzumschlag
€ 29.90
ISBN 978-3-7099-3434-0

**Europäischer Traum, lebst du noch?** Es ist die Nacht, in der sich die Grenzen öffnen: Drei junge Paare beschließen feierlich, ihre Zelte in Litauen abzubrechen. Noch wissen sie nicht, wohin in Westeuropa sie ihr Plan verschlagen wird. Erwartet sie ein besseres Leben im aufregenden London, im romantischen Paris, wie sie es sich erträumen? Voller Euphorie brechen die jungen Leute auf, doch erhält ihre Zuversicht rasch erste Dämpfer: Gelegenheitsjob folgt auf Gelegenheitsjob, die Miete in den glänzenden Metropolen lässt das Startkapital gefährlich schnell schrumpfen und die Litauer drohen in der bunten Menge der übrigen Glückssucher unterzugehen. Das eben noch zum Greifen nah erschienene Freiheitsversprechen rückt immer weiter in die Ferne ...

Menschlich packend schildert der ukrainische Bestseller-Autor Andrej Kurkow die Lebenswege der drei Paare und erzählt gleichzeitig die Geschichte der „neuen Europäer“: Er erzählt vom Mut zum Neubeginn, von den Hoffnungen und Enttäuschungen einer jungen Generation – und von Schein und Sein des europäischen Traums.

**Oleksandr Irwanez**
Pralinen vom roten Stern
Roman
Aus dem Ukrainischen von Alexander Kratochvil
224 Seiten, gebunden mit Schutzumschlag
€ 22.90
ISBN 978-3-7099-7247-2

Eine im Nordwesten der Ukraine gelegene Stadt wird durch eine Mauer in zwei Zonen geteilt: in das zur Westukrainischen Republik gehörende Riwne und in das sozialistische Rowno. Verbunden werden die beiden Teile nur durch einen schmalen Korridor. Schlojma Ezirwan – ein landesweit bekannter Schriftsteller – besucht vor der Premiere seines neuesten Theaterstücks seine in Rowno verbliebene Familie. Als er von Agenten der Inneren Sicherheit gekidnappt wird, entwickelt sich seine Reise in die alte Heimat zu einem grotesken Abenteuer ohne Garantie auf Rückkehr. Was hat man mit ihm vor? Und welche Rolle spielt dabei sein kritischer Roman „Die Mauer"?

Die realen Entwicklungen in der Ukraine, die prekäre Situation kritischer Stimmen in nur vordergründig demokratischen Staaten – Oleksandr Irwanez' Roman hat brisante Aktualität. Eine spannende Satire, deren Absurdität von der Realität eingeholt zu werden droht.

*„Oleksandr Irwanez ärgert, verblüfft, verhöhnt, provoziert – und niemand bleibt gleichgültig."*
Juri Andruchowytsch

*„Die Antiutopie von Oleksandr Irwanez bestätigt seinen Ruf als Meister finsterer Zukunftsvisionen."*
Andrej Kurkow